kana

YUU
WATASE

渡瀬悠宇

LUI OU RIEN!

ZETTAI KARESHI.01

ZETTAI
KARESHI.
01

CHAPITRE 1 :
LOVER SHOP
80 CENTIMÈTRES...
ILS N'ONT ABSOLUMENT PAS...
... PRIS DE VOLUME...
Bust up
JE N'ACHÈTERAI PLUS JAMAIS RIEN...
... PAR CORRES-PONDANCE !!

AAH !!
ZUT ! JE DOIS ME DÉPÊCHER !!
CE MATIN, JE DOIS LIVRER UNE BATAILLE DÉCISIVE !
SAC POUBELLE
OUH...
...ÄH !!
PATCH
AAH ! J'AI OUBLIÉ DE RENTRER LE LINGE !

CLIC
くいっ
FRAFF
サラ…
TCHIP TCHIP
チチチ…
TAP TAP
ぱん ぱん
…
HWAA… 'JOUR, FRANGIN…
JE NE SUIS PAS CONTENT ! AUJOUR-D'HUI, C'ÉTAIT TON TOUR DE FAIRE LA LESSIVE !
C'EST TOUJOURS MOI QUI DOIS M'EN CHARGER !!

BASSAM
ZUT ! JE VAIS ÊTRE EN RETARD !
...
HOP HOP
CE N'EST PAS DRÔLE DE VIVRE SEULE ! J'AIMERAIS QUE MES PARENTS REVIENNENT VITE ! (SOUPIR)
TAGADAGADAM
VITE !!
TCHAK

EUH...
KYAAH !!
BAM
BAM
DIS DONC, SÔSHI !?
QU'EST-CE QUE TU FAIS AVEC MON SOUTIF ? PERVERS !!
TES SOUS-VÊTEMENTS NE ME FONT PAS LE MOINDRE EFFET !
TU ES PLATE COMME UNE PLANCHE !

NE DIS PLUS JAMAIS ÇA...
...OU JE TE TORDS LE COU, MALGRÉ NOTRE LONGUE AMITIÉ !
TCHAK
TOUCHE!!
TIENS, RIIKO ?
IL EST UN PEU TÔT POUR ALLER À L'ÉCOLE !
ET TOI, SÔSHI, CE N'EST PAS UN ENDROIT POUR DORMIR !!
EST-CE QUE J'AI L'AIR DE DORMIR, HEIN ?
DU CALME, DU CALME.
OUF...
CETTE FOIS-CI SERA LA BONNE !!
AH!
B... BONJOUR...
...ISHIZEKI !!

DOM
DOM
AH... SALUT, iZAWA...
TU PEUX M'APPELER RiiKO !!
DOM
TU M'AS ENVOYE UN MAiL HiER.
DOM
QU'EST-CE QUi SE PASSE ?
DOMM
À L'ATTAQUE !!
JE SUiS AMOUREUSE DE TOi !
ZBASHHH
JE VOUDRAiS SORTiR AVEC TOi !
DESOLE ! JE SUiS AMOUREUX DE QUELQU'UN D'AUTRE !!

秒殺!!
KNOCK OUT!
A... AH ?
C'ÉTAIT TROP RAPIDE POUR QU'ELLE RÉALISE.
EUH...
ET PUIS...
はああ
POURQUOI TU TIENS CE SOUTIF ?
ELLE EST FOLLE -
Haaa!
YOSHIKUBO
JE DOIS Y ALLER !
JE VAIS AU CLUB !
YOU LOSE
MAIS RANGE DONC CE SOUTIEN-GORGE !

LYCÉE SEIBA
C'ÉTAIT UNE ATTAQUE FOU-DROYANTE !
TOC
へこ。
JE ME SUIS DÉJÀ FAIT JETER PLUSIEURS FOIS JUSQU'À PRÉSENT...
MAIS C'EST TROP DUR !
JE SOUFFRE !!!
ÇA FAIT UN MOIS QUE J'AI EU UN COUP DE FOUDRE POUR LUI, À LA RENTRÉE...
JE ME SUIS APPLIQUÉE POUR QU'IL ME REMARQUE...
IL M'A PARLÉ AVEC LE SOURIRE...

* NDT : C'EST UNE CHANTEUSE.

BEAU GOSSE !? TU NE LE CONNAIS QUE DEPUIS LE COLLÈGE, MAIS TU SAIS...
... EN PRIMAIRE, C'ÉTAIT UN GRINGALET QUI SE METTAIT À PLEURER DÈS QU'ON L'ENNUYAIT UN PEU !
ET MAINTENANT, ON EST NON SEULEMENT DANS LE MÊME LYCÉE, MAIS AUSSI DANS LA MÊME CLASSE... JE L'AI ASSEZ VU COMME ÇA !
ISHIZEKI EST VRAIMENT BIEN...
ALLEZ, DU NERF ! IL Y A PLEIN DE GARÇONS...
... ET SI J'EN TROUVE UN DE BIEN, JE TE LE PRÉSENTERAI.
HM... MERCI...
HAAA...

* SALON DE THÉ.

TSS !!
MINCE ! ILS SEMBLENT TOUS BAIGNER DANS LE BONHEUR... MOI AUSSI, JE VEUX MARCHER MAIN DANS LA MAIN AVEC MON AMOUREUX !
DESOLE...
DÉSOLÉ... SOLÉ...
EXCUSE-MOI...
EXCUSE-MOI... USE-MOI... MOI...
ECHO
POURQUOI SUIS-JE ASSEZ BÊTE POUR ME FAIRE PLAQUER ?
PEUT-ÊTRE N'AURAI-JE JAMAIS DE PETIT AMI ?
ALORS, CELA VEUT-IL DIRE QUE JE NE POURRAI PAS ME MARIER ?
JE VIEILLIRAI SANS RIEN CONNAITRE DE LA VIE !
JE MOURRAI MISÉRABLEMENT, TOUTE SEULE DANS MON APPARTEMENT...
はーっ AH...
はーっ AH...
TU RÉFLÉCHIS TROP.
ペロペロリン♪
SLURRP SRULLURP
TAK

* NDT : RÉGION D'OSAKA, CONNUE POUR SON ACCENT CHANTANT.

BAH, POURQUOI PAS.
IL AVAIT L'AIR JEUNE...
JE SUIS LÀ !
TIENS, UNE LYCÉENNE !!
QUELLE CHANCE ♬ !!
OOH!
QU'EST-CE QUE C'EST QUE CETTE TENUE !!
BON, ASSIEDS-TOI, ASSIEDS-TOI !
Michelang
CAFE

EST-CE UN AMATEUR DE COSPLAY ?
IL A UN BEAU VISAGE...
VOICI LE PORTABLE...
AH, MERCI !
PAS DU TOUT ! JE SUIS UN EMPLOYÉ COMME LES AUTRES !
CELA NE SE VOIT PAS ?
PAS DU TOUT !!
TU PRENDS QUELQUE CHOSE ? MADEMOISELLE, LA CARTE !
EN TOUT CAS, TU M'AS SAUVÉ ! JE M'EN SERS POUR MON TRAVAIL !
VOTRE TRAVAIL... VOUS ÊTES COMÉDIEN ?
ENFIN... JE TRAVAILLE COMME REPRÉSENTANT DE COMMERCE !!
AU FAIT, POUR TE REMERCIER, JE VAIS TE FAIRE BÉNÉFICIER DE CONDITIONS EXCEPTIONNELLES !
COMMENT ?
JE TE PROPOSE LES PRODUITS DE NOTRE SOCIÉTÉ, KRONOS HEAVEN, À DES PRIX DÉFIANT TOUTE CONCURRENCE !
QUOI ! IL VEUT ME VENDRE QUELQUE CHOSE !

BONJOUR !
C'EST YUU WATASE !
VOICI MA NOUVELLE HISTOIRE !

OUH... J'AI MAL AU CRÂNE... SANS DOUTE À CAUSE DE LA CHALEUR DE L'ÉTÉ. À PROPOS, L'ÉTÉ 2003 ÉTAIT BIZARRE. MAIS JE TRAVAILLAIS TELLEMENT QUE JE NE SORTAIS PRESQUE JAMAIS. BON, CHANGEONS DE SUJET. EN 2002, ALORS QUE MA SÉRIE "ALICE 19TH" SE TERMINAIT, J'AI COMMENCÉ À PENSER QUE JE DEVAIS FAIRE UNE NOUVELLE HISTOIRE.
OR, DEPUIS QUELQUE TEMPS, J'AVAIS EN TÊTE UNE SCÈNE OÙ UN GARÇON TOUT NU SORTAIT D'UN EMBALLAGE EN CARTON. MAIS JE N'AI PAS RÉUSSI À METTRE TOUT DE SUITE UNE HISTOIRE SUR CETTE IMAGE, ET JE L'AI OUBLIÉE, JUSQU'À CE QU'ELLE REVIENNE UN JOUR À MA MÉMOIRE. CE QUI N'ÉTAIT D'ABORD QU'UN "FANTASME DE CÉLIBATAIRE" (QUELLE AFFREUSE EXPRESSION !) A PRIS FORME DANS MA TÊTE DE DESSINATRICE DE MANGA. CONVAINCUE QUE JE POUVAIS EN FAIRE UNE HISTOIRE, IL NE M'A PAS FALLU PLUS DE DIX MINUTES POUR IMAGINER LES PERSONNAGES ET DÉCIDER DE ME LANCER DANS LA RÉDACTION.
D'HABITUDE, JE DESSINE SOMMAIREMENT L'HISTOIRE SUR UN CARNET DE CROQUIS QUE JE MONTRE À MON RESPONSABLE. JE N'AI D'AILLEURS PAS EU DE DIFFICULTÉS À METTRE EN IMAGE CE QUE J'AVAIS IMAGINÉ. PRESQUE TOUS LES PERSONNAGES SONT RESTÉS FIDÈLES À L'IMAGE DE DÉPART, À PART SÔSHI. LA PREMIÈRE ESQUISSE N'ÉTAIT PAS MAUVAISE, MAIS IL Y AVAIT QUELQUE CHOSE QUI NE "COLLAIT" PAS. UN JOUR, UNE AMIE QUI ÉTAIT VENUE À LA MAISON M'A SUGGÉRÉ DE LUI FAIRE PORTER DES LUNETTES. CE QUE J'AI FAIT.

(À SUIVRE)

UN COPAIN !
IL EST COL-LANT !!
C'EST CE QUE JE DÉSIRE LE PLUS EN CE MOMENT !
PF !!
QUOI...
TU NE POUVAIS PAS LE DIRE PLUS TÔT...
TCHIK

J'AURAIS DÛ TE REMETTRE MA CARTE DE VISITE TOUT DE SUITE...
SSSIUU
VA FAIRE UN TOUR SUR L'U.R.L. QUI SE TROUVE SUR CETTE CARTE.
MAIS ATTENTION ! CE SITE EST TOP-SECRET.
KLANG
BON, JE TE RAPPELLERAI...
KLANG
... RIIKO.
KARANG
カラ
UNE U.R.L. ?
MERCI DE VOTRE VISITE !!
AH!
はっ
COMMENT CONNAÎT-IL MON NOM ?

EST 1995
DITES...
CAFE FIORE
ÇA ALORS... IL A DISPARU...
Kronos Heaven. co
ITEM SALE
GAKU NAMIK
PLATINUM EDITION
I Want to download
“KRONOS HEAVEN”...
“GAKU NAMIKIRI” ... ÇA NE SONNE PAS TRÈS JAPONAIS, TOUT ÇA !
HOP
C'EST LOUCHE... QUELLE JOURNÉE LAMENTABLE !

ENFIN, MOI AUSSI, JE ME DEMANDE CE QUI M'A PRIS...
... POUR LUI DIRE QUE JE VOULAIS UN COPAIN !
DING DONG
TCHAK
チャッ
SALUT.
EH BIEN ? TU ES DE RETOUR DU BOULOT ?
J'ENTRE...
DIS, JE SUIS EN TRAIN DE MANGER !!
DIS DONC !!
QUEL DÉPOTOIR ! TU ES SÛRE QUE TU ES UNE FILLE ?
は AH !
OUI, ALORS JUSTEMENT, SORS !
AUJOURD'HUI, C'EST LE JOUR OÙ JE DOIS M'OCCUPER DE TOI...
... CONFORMÉMENT À LA DEMANDE DE TES PARENTS QUI SONT ABSENTS.
tchik こき
TCHAK ぱき
NE ME TRAITE PAS COMME LES LAPINS EN CAGE DE L'ÉCOLE !

PROTECTION !

LA CAGE DES LAPINS EST ENCORE PLUS PROPRE QUE CET APPARTEMENT !
C'EST POUR ÇA QUE TU N'AS PAS DE SUCCÈS AVEC LES MECS !!
ZAM
T'ES PAS SYMPA, SÔSHI...
EN PLUS, TU AS DES SAUTES D'HUMEUR... JE RENTRE !!
NE TE METS PAS DANS DES ÉTATS PAREILS PARCE QU'UN PAUVRE TYPE T'A REPOUSSÉE !
TU CHERCHES LA BAGARRE, TOI ?
SHAA
JE T'AI RAPPORTÉ UN PLAT QUE J'AI REÇU AU BOULOT, PRENDS-LE.
IL FAUT ARRÊTER DE TE NOURRIR DE NOUILLES INSTANTANÉES ET DE CHIPS !

NYOM NYOM NYOM
"C'EST POUR ÇA QUE TU N'AS PAS DE SUCCÈS AVEC LES MECS"...
CE SÔSHI ! JE DOIS ABSOLUMENT ME TROUVER UN MEC, ET ALORS, IL VERRA ! AU FAIT, C'EST BON, ÇA !
ITEM SALES
to download the future
CLIC CLIC
カチ カチ…
BON... JE N'Y CROIS PAS, MAIS...
TCHIK
カチッ
PAPA, JE T'EMPRUNTE TON ORDINATEUR...
AH... VOILÀ...
Kronos Heaven.co
恋 Lover 人
SHOP
CACAO
"LOVER SHOP" ?

CLIC
"KRONOS HEAVEN - SITE DE VENTE PAR CORRES-PONDANCE" ...
恋 Lover
SHO
"CE SITE VOUS PROPOSE L'AMOUREUX IDÉAL QUI N'EXISTERA QUE POUR VOUS"...
"LA RUBRIQUE "OPTIONS IDÉALES" VOUS PERMET DE CHOISIR SON CARACTÈRE POUR QU'IL APPROCHE DE LA PERFECTION."
"EN CAS D'ACHAT, NOUS VOUS DEMANDONS DE GARDER LE SECRET."
QU'EST-CE QUE C'EST QUE ÇA...
DU TRAFIC D'ÊTRES HUMAINS ?
NOTRE PROCHAINE SÉRIE DE MODÈLES D'AMOUR !
"MODÈLES" ?
OUH... D'ACCORD ...
JE ME SUIS FAIT AVOIR !
IL S'AGIT DE POUPÉES GONFLABLES !!
IL EST CULOTTÉ, LE VENDEUR, DE PROPOSER ÇA À UNE LYCÉENNE !
"LE MODÈLE DISPONIBLE ACTUELLEMENT DANS NOTRE SÉRIE EST LE NIGHTLY 01"
VOYONS VOIR ...
CLIC

QUOI ?!
MAIS, C'EST UN CANON !!
NIGHTLY 「01」
OUI... MAIS BON...
DE TOUTE FAÇON...
ET PUIS ZUT !
UN ESSAI ...
AUTREMENT DIT, IL SUFFIT DE LE RENDRE APRÈS TROIS JOURS...
AU FAIT, IL Y AVAIT UNE RUBRIQUE "OPTIONS IDÉALES"...
PROFITONS-EN POUR AJOUTER PLEIN D'OPTIONS...
ELLE NE RÉFLÉCHIT PAS TROP...
GRANDE PROMOTION ! ESSAI GRATUIT PENDANT TROIS JOURS ! PROFITEZ DE CETTE OCCASION !
"ESSAI GRATUIT PENDANT TROIS JOURS" ?
...
"SE FAIRE MEMBRE" ?
D'ACCORD...
カチャ KATCHAK
カチャ KATCHAK KATCHAK
カチャ... KATCHAK

LA CURIOSITÉ ET L'ENTHOUSIASME AVAIENT TOUT DÉCLENCHÉ...
MAIS...
QU'EST-CE QUE C'EST QUE CET ÉNORME CARTON...
CAUTION
Kronos Heaven
くるっ
Hop
VOUS ÊTES BIEN RIIKO IZAWA...
... DE L'APPARTEMENT 402 ?
OUi.
ON A UN COLIS À VOUS LIVRER.
VOUS POUVEZ APPOSER VOTRE SCEAU ICI ?

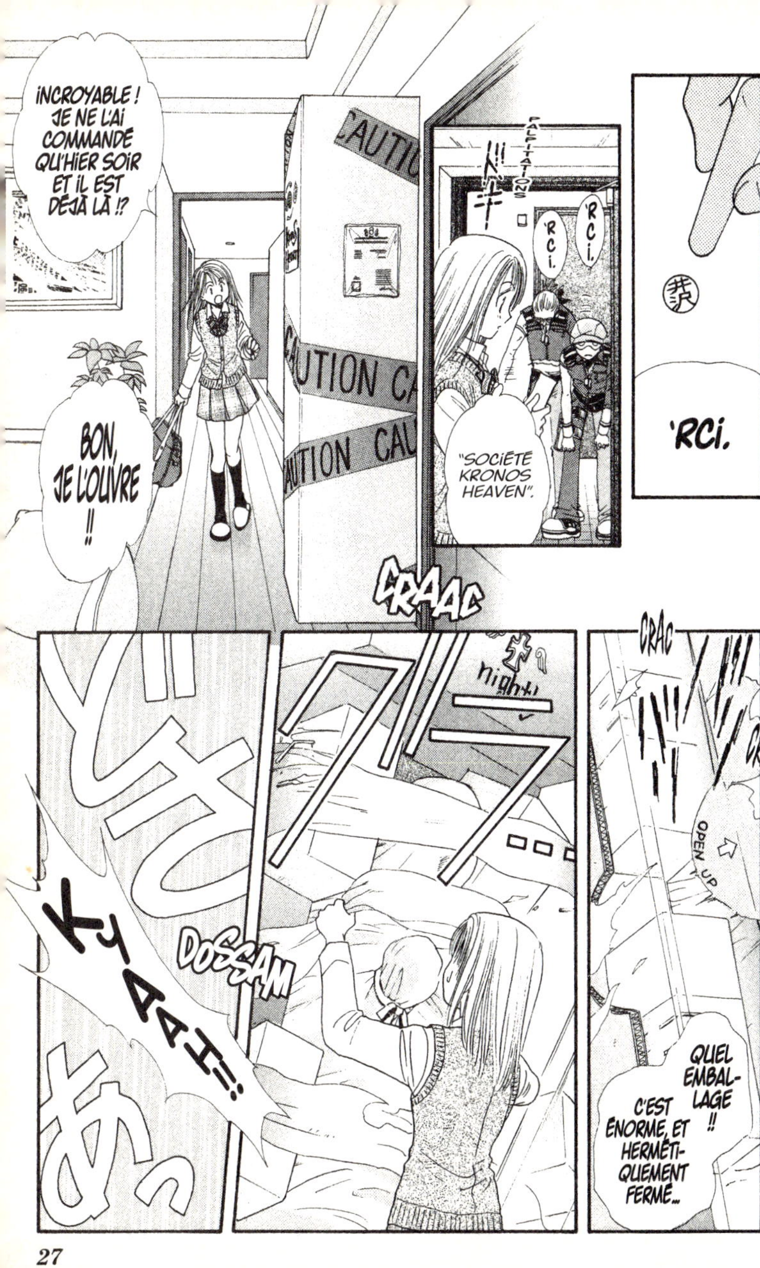
'RCi.
PALPITATIONS
'RCi.
'RCi.
"SOCIÉTÉ KRONOS HEAVEN".
INCROYABLE ! JE NE L'AI COMMANDÉ QU'HIER SOIR ET IL EST DÉJÀ LÀ !?
BON, JE L'OUVRE !!
CRAAC
CRAC
CRAC
OPEN UP
QUEL EMBALLAGE !!
C'EST ÉNORME, ET HERMÉTIQUEMENT FERMÉ...
DOSSAM
KYAAAH !!

CAUTION
EUH...

KLONG
ZA ZAZAM!
HOU..!
DOM
DOM DOM DOM
LÃ
LÃ
LÃ

ON DiRAiT TOUT À FAiT UN ÊTRE HUMAiN !!
C'EST BiEN LE MÊME ViSAGE !
iL EST EXACTEMENT COMME JE L'AI VU SUR LE SiTE ! ET EN PLUS, iL EST... TOUT NU...
DiS, PAPA...
OUi, RiiKO ?
POURQUOi JE N'EN AI PAS UN COMME TOI ?
TOI, TU AS L'ART DE POSER DES QUESTIONS DÉLICATES !
HÉ ! NE TIRE PAS DES-SUS !
NE T'iNQUIÈTE PAS ! iL T'EN POUSSERA UN AUSSI QUAND TU SERAS GRANDE !
C'EST VRAi ? CHOUEEETTE !!!
BAM
GWiK
NE RACONTE PAS N'iMPORTE QUOi À CETTE ENFANT !

はっ… AH…
ふらっ
Tournis
ÇA NE VA PAS…
LE CHOC A FAIT REMONTER DES SOUVENIRS OUBLIÉS !
EUH… DITES…
SI J'ESSAYAIS DE LUI PARLER
IL EST FROID !
IL N'A PAS DE POULS ET IL NE RESPIRE PAS ! C'EST DONC BIEN UNE POUPÉE !?
MAIS IL A POURTANT TOUT D'UN ÊTRE HUMAIN… OU ALORS…
… IL EST MORT !?
QUE FAIRE !?
JE FERAIS BIEN DE DEMANDER DE L'AIDE À QUELQU'UN !!!
OUI ! JE VAIS APPELER SÔSHI…

!?
Bip
ピッ
BONJOUR ! ICI GAKU NAMIKIRI !
AH !
MERCI POUR TA COMMANDE AU "LOVER SHOP" ! ALORS, LA MARCHANDISE TE PLAÎT ?
SI ÇA ME PLAÎT ? MAIS IL EST MORT, C'EST AFFREUX !
MORT !?
QU'EST-CE QUE TU RACONTES LÀ ?
TU DOIS D'ABORD LIRE LE MODE D'EMPLOI !
IL EST PLUS SOUPLE QU'UN CADAVRE, NON ?
JE TE RAPPELLE DANS TROIS JOURS ! AU REVOIR.
HEIN ?
A... ATTENDS !!

UN MODE D'EMPLOI ?
MODE D'EMPLOI
BAM
ALORS...
"AUCUN RISQUE DE TOMBER ENCEINTE" ? QUOI ? NON, CE N'EST PAS ÇA !
AH, VOILÀ ! "ALLUMAGE"...
IL BOUGE ?
NOON!?
C'EST POURTANT CE QUI EST ÉCRIT...

"Mettez d'abord son corps en marche."
DOM DOM
ELLE LE REGARDE DE FACE.
JE DOIS LE FAIRE...
DOM DOM
C'EST VRAI, IL EST TRÈS DOUX...
ET IL A MÊME DES GRAINS DE BEAUTÉ.
DOM DOM
TAP TAP
EST-CE UNE POUPÉE OU UN ÊTRE HUMAIN ?
DOM DOM

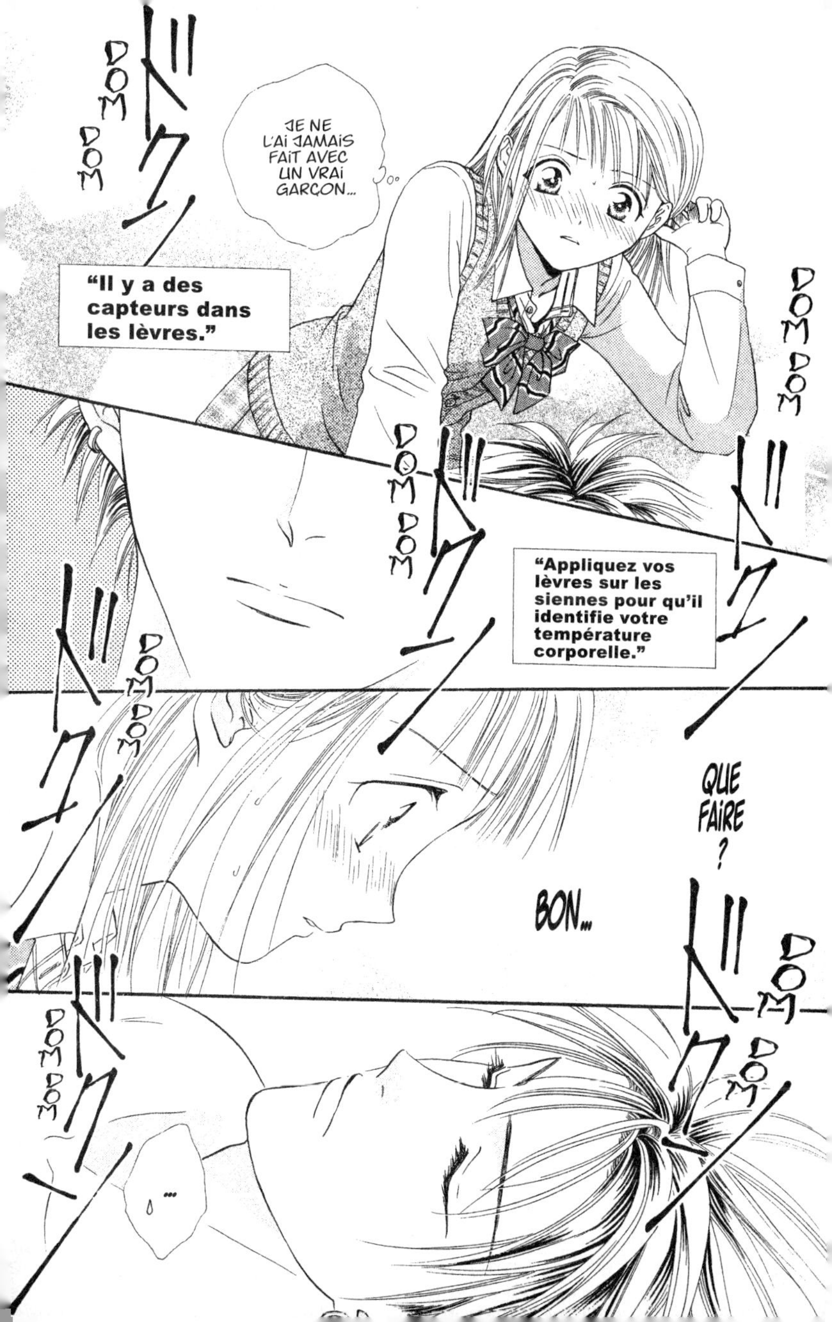
DOM DOM
JE NE L'AI JAMAIS FAIT AVEC UN VRAI GARÇON...
"Il y a des capteurs dans les lèvres."
DOM DOM
DOM DOM
"Appliquez vos lèvres sur les siennes pour qu'il identifie votre température corporelle."
DOM DOM
QUE FAIRE ?
BON...
DOM DOM
DOM DOM
...

"De cette façon, il vous reconnaîtra comme sa petite amie."
J'Y VAIS !!
CAUT
AUTION
UTION

KLING
DOM
DOM
TAK
DOM
DOM
CLIC
DOM
DOM

ドックン
DOM DOM
ドックン
IL BOUGE !!
DOM DOM
clic
DOM DOM
ドックン
DOM DOM
N... NON...

SOURIRE
ニコッ
BONJOUR...
...TOi.
N...
NOOON !?

CHAPITRE 2 : UN AMOUREUX POUR TROIS JOURS

2003.04
NOON...
UNE POUPÉE QUI BOUGE ET QUI EMBRASSE !
FREEZE
フリーズ。
"VA FAIRE UN TOUR SUR CE SITE !"
Kronos Haven
恋 Lover
SHOP
"CE SITE VOUS PROPOSE L'AMOUREUX IDÉAL QUI N'EXISTERA QUE POUR VOUS."

JE L'AI RÉSERVE UN PEU À LA LÉGÈRE, MAIS NE ME DITES PAS...
... QUE CE N'EST PAS TOUT ?
AH !
はっ
HALTE-LÀ !
POC
キョトン
TU ES QUOI, AU JUSTE ?
UN ROBOT ? UNE MACHINE INTEL-LIGENTE ?
OUF !

QUELLE QUESTION !!
JE SUIS TON MEC !
AH! はっ
COUVRE-TOI, VOYONS !!
COMME ÇA ?
MAIS NON !!!
JE VAIS TE CHERCHER DES VÊTEMENTS, NE BOUGE PAS!
BATAM
ALORS, ALORS...
QUELQUE CHOSE À PAPA...

DING DONG DING DONG
ピンポーンピンポーン
À CETTE HEURE-CI, C'EST SÛREMENT SÔSHI ! ZUT !
TCHAK
NOOON !!

とぃあん
がっ
TCHAK
RESTE ICI UN MOMENT !!
CHUT !!
CHUT !!
GATCHAK
ガチャ…
QU'EST-CE QU'IL Y A ?
は
HAN HAN
は
RIEN DE SPÉCIAL, MAIS...
... J'AI DE NOUVEAU REÇU TROP DE PLATS À MANGER, ALORS...
M... MERCI !

DJANG
J'IMAGINE QUE TU N'AS TOUJOURS PAS FAIT LE MÉNAGE...
A... ATTENDS !!
AUJOURD'HUI, C'EST DIFFÉRENT ! TOUT EST EN ORDRE !
TIENS ? C'EST BIEN LA PREMIÈRE FOIS...
DÉSORMAIS, TOUT VA CHANGER !!
JE SUIS DEVENUE UNE AUTRE FEMME !
RIIKO ? TON COMPORTEMENT EST BIZARRE...
A A...
...Tchoum !
QUOI, IL Y A QUELQU'UN ?
MAIS NON, VOYONS !!
MAIS CE BRUIT...

TU ENTENDS DES VOIX !
TU EN FAIS TROP, CES DERNIERS TEMPS ! C'EST L'ÉPUISMENT !!!
QU'EST-CE QUE TU EN SAIS ?
BONNE NUIT !
CE N'EST PAS ENCORE L'HEURE DE DORMIR !
ぐいぐいぐい
POUSSE POUSSE
BATAM
QU'EST-CE QUI LUI PREND ?
ELLE EST SANS DOUTE ENCORE SOUS LE COUP DE SON ÉCHEC AMOUREUX...
BAM
EXCUSE-MOI !
QU'EST-CE QUE C'EST QUE CETTE POUPÉE QUI ÉTERNUE ?!
HM... JE NE SAIS PAS, MAIS...

EN TOUT CAS, MANGE-MOI À TOUTES LES SAUCES PENDANT TROIS JOURS !
C'EST POUR CELA QUE JE SUIS LÀ.
AH... C'EST VRAI...
JE DOIS TE RENDRE APRÈS TROIS JOURS...
GRANDE PROMO
ESSAI GRATUIT PENDANT
TROIS JOUR
PROFITEZ DE CETT ON !
QU'EST-CE QUE TU AS ENVIE QUE JE TE FASSE ?
AH!
はっ
HM... RIEN DE SPÉCIAL... J'AI UN COUP DE POMPE...
JE VEUX ME COUCHER !
C'EST VRAI, ÇA... J'AI SUBI UN ÉCHEC AMOUREUX AVANT-HIER.
ET POURTANT, J'AI FAIT CET ACHAT PAR CORRES-PONDANCE... QU'EST-CE QUI M'A PRIS ?
ばっ
つ
BAM

DIS...
VIENS LÀ.
VIOON
!!
MAIS QU'EST-CE QUE TU FAIS ?
ET DE NOUVEAU TOUT NU, EN PLUS !
EH BIEN, C'EST TOI QUI DIS QUE TU VEUX TE COUCHER, ALORS... JE ME SUIS PRÉPARÉ !
QUOI !?

MAiS OUi, PARCE QUE...
... JE SUiS UN AMOUREUX DE LA SÉRiE "NiGHTLY".
C'EST PAS VRAI !!
ずがーっ!!
ELLE N'Y AVAIT PAS PENSÉ.
ALORS, C'ÉTAIT VRAIMENT À CELA QU'IL ÉTAIT DESTINÉ !?
AÏE AÏE AÏE...
あわわわわ
PAS DE PANIQUE...
HAN!!
JE VAIS Y ALLER TOUT EN DOUCEUR.
M... MAiS...

TOUT VA TROP VITE !
PLITCH
ATTENDS...
PLITCH
N...
NOON !!
GWIK
JE CROIS AU ROMANTISME, MOI !
C'EST ÇA QUI M'ATTIRE VRAIMENT !

JE VEUX D'ABORD TOMBER AMOUREUSE ET SENTIR MON CŒUR QUI BAT !
ET PUIS, QUAND NOUS NOUS SERONS DÉCLARÉ NOTRE AMOUR, NOUS POURRONS PASSER À L'ACTE !
DONC, C'EST NON (POUR L'INSTANT) !!
HAN... HAN... HAN...
HM...
TRÈS BIEN.
!
UN AMOUREUX...
... NE FORCE PAS CELLE QU'IL AIME À FAIRE CE QU'ELLE NE VEUT PAS.

DIS...
TU T'APPELLES COMMENT ?
AH !
RIIKO...
...IZAWA.
C'EST TRÈS MIGNON ! TU POURRAIS ME TROUVER UN NOM ?
HEIN ?
JE N'AI PAS DE NOM.
UN AMOUREUX SANS NOM, C'EST BIZARRE, NON ?
UN NOM !? COMME ÇA, TOUT DE SUITE...
EUH...
VOYONS...
AH !
nightly
L'INSCRIPTION SUR SA BOITE D'EMBAL-LAGE !
"NIGHT" !!
SANS PROBLÈME !
QU'EN DIS-TU ?

...NIGHT...
TILT
OUI ! ÇA ME PLAÎT !
JE ME RÉJOUIS DE CES TROIS JOURS !
KYAH !!
AVOIR QUELQU'UN À MES CÔTÉS ME FERA DU BIEN...
BON, MAIS AUJOURD'HUI TU DORMIRAS DANS LA CHAMBRE DE MES PARENTS...
OUI !!
J'AI EU MA RATION DE SURPRISES, MAIS IL M'A L'AIR D'ÊTRE QUELQU'UN DE BIEN...
DÉSOLÉ !
JE SUIS AMOUREUX DE QUELQU'UN D'AUTRE !
DJING
AH !!!

J'AI DONC OPTÉ POUR UN SÔSHI À LUNETTES. JUSQU'ALORS, JE N'AVAIS EU RECOURS À CE GENRE DE PERSONNAGE QUE POUR DES RÔLES D'ENNEMI OU DES RÔLES SECONDAIRES DANS LES AUTRES MANGAS. SÔSHI ÉTAIT PARFAITEMENT DÉTERMINÉ, ET J'AJOUTERAIS QU'IL COMPTAIT PAS MAL DE PARTISANS PARMI LA RÉDACTION. MOI AUSSI D'AILLEURS, J'AIME BIEN CE GENRE DE GARÇONS QUI NE RIT PAS SOUVENT, COMME SÔSHI ! (RIRES) MAIS, ME DIREZ-VOUS, COMMENT M'EST VENUE L'IDÉE DU PERSONNAGE DE NIGHT ? JE L'AI DESSINÉ PRESQUE ENTIÈREMENT COMME JE L'AVAIS IMAGINÉ, À UN CHEVEU PRÈS ! EN FAIT, JE ME SUIS UN PEU INSPIRÉE D'UN MANNEQUIN QUI POSE POUR LES CAMPAGNES D'UNE MARQUE DE COSMÉTIQUES. PLUS JE LE DESSINAIS, PLUS IL DEVENAIT NATUREL. IL AVAIT L'INNOCENCE ET LA FRAÎCHEUR D'UN JEUNE CHIEN, AINSI QUE SON CÔTÉ LOYAL ET SON ÉNERGIE. MON ASSISTANTE A DÉCLARÉ QUE S'IL EXISTAIT VRAIMENT, ELLE L'ACHÈTERAIT ! MAIS MOI AUSSI (RIRES)...! AU FAIT, POURQUOI AI-JE CHOISI LE MOT "MODÈLE" ? PARCE QU'IL PEUT DÉSIGNER AUSSI BIEN UNE PERSONNE BIEN VIVANTE QU'UN MANNEQUIN DE VITRINE. NIGHT EST CERTES UNE POUPÉE, MAIS IL EST INFINIMENT PROCHE DE L'ÊTRE HUMAIN. À PROPOS, IL PARAIT QUE J-CHAN, MON ASSISTANTE, EST EN TRAIN DE FABRIQUER UNE FIGURINE DE NIGHT. JE NE SAIS PAS QUAND ELLE AURA FINI, MAIS J'AIMERAIS VOUS LA PRÉSENTER DANS LES PAGES DE CE MANGA. UN NIGHT PLUS PETIT QUE NATURE, ET TOUT NU, ÉVIDEMMENT, PUISQUE C'EST UN PERSONNAGE QUI SE DÉSHABILLE CONSTAMMENT ! J'AIME BIEN VOIR DES PERSONNAGES MASCULINS DÉSHABILLÉS ! (VOIX OFF: "ÇA VA PAS, LA TÊTE ?")

LA PRÉSENCE DE CE GARÇON CHEZ MOI AVAIT QUELQUES CONSÉQUENCES...
DIS, RIIKO, ON RENTRE ENSEMBLE, AUJOUR-D'HUI ?
J'AI UN EMPÊ-CHEMENT, EXCUSE-MOI !
JE VAIS LUI ACHETER QUELQUES VÊTEMENTS SUR LE CHEMIN DU RETOUR...
IL A TELLEMENT DE CLASSE QUE C'EST DU GÂCHIS DE LUI FAIRE PORTER LE PYJAMA DE PAPA !
FRAFF
ACCESSOIRES CI-JOINTS
...
Bictoria
JE ME DEMANDE SI LE PANTALON EST À SA TAILLE...

ISHIZEKI ?
DOM DOM
AU FAIT, IL PARAIT QUE TU AS REPOUSSÉ UNE FILLE ?
Gloups !
QUOI, TU ES AU COURANT ?
OUI... DIS, SI ON ENTRAIT DANS CE CAFÉ POUR EN PARLER ?
GWIK
BOM BOM

DOM DOM
!
RiiKO...!?
ZAM!
DOM DOM
DOM DOM
AVEZ-VOUS FAIT VOTRE CHOIX ?
OUI... JE VAIS PRENDRE ÇA, ET ÇA.
ET MOI, UN THÉ GLACÉ.

JE VOUS APPORTE ÇA TOUT DE SUITE.
DOM DOM
ALORS, RACONTE ! ELLE T'A FAIT UNE DÉCLARATION TOUT D'UN COUP, C'EST ÇA ?
DOM DOM
...
OUI, ELLE M'A ATTENDU CE MATIN-LÀ À L'ARRÊT DU BUS.
COMME JE SAVAIS CE QU'ELLE ALLAIT ME DIRE, J'ÉTAIS PRÊT À LA REMBALLER IMMÉDIA-TEMENT !
DOM DOM
ISHIZEKI ...!?
MA-MAN ! VITE !
AT-TENDS UN PEU !

OUVE!!!
TAK
TAAA...
DOM

DAM
... UN ...
D-RIDER
ÉPISODE INTÉGRAL
LE JUSTICIER
UN HÉROS !?
MAMAN?
LECTRICE PASSIONNÉE D'AVENTURES DE HÉROS.
C'EST RIIKO IZAWA, DE LA CLASSE B, NON ?
OUI. CE N'EST PAS DU TOUT LE GENRE DE FILLE AVEC QUI JE SORS...
TU VEUX DIRE QUE TU AS UNE COPINE ?!

OUAH HA HA !!
ENFIN... ÉCOUTE PLUTÔT... IZAWA...
QUOI !? ELLE TENAIT UN SOUTIF !? TU VEUX RIRE !!
ぎゃっはっはっ
C'ÉTAIT SANS DOUTE UN CADEAU POUR TOI !
T'AS RAISON, ELLE EST VRAIMENT BIZARRE...
BASSH !
OUAH !!
OUPS...
ぎくっ
IZAWA !?

TU ÉTAIS LÀ !?
QU'EST-CE QUE TU FICHES ICI ?!
TU NOUS AS SUIVIS ?!
カチャ
TCHAK
...
PAUVRE TYPE !
JE PLAISANTAIS, TU N'AS RIEN COMPRIS !
...QUOI ...?
TU NOUS AS SUIVIS ? QUELLE PLAIE !
ET TOI, ALORS !!
UNE FILLE NORMALE NE FERAIT PAS ÇA !
C'EST POUR ÇA QUE TU TE FAIS TOUJOURS REMBALLER !
AH...
JE N'ARRIVE PLUS À PARLER...

MINCE!!
NE PAS PLEURER !!
NON!!
NE PAS PLEURER !!
FWAM
POURQUOI...
DJANG
... ES-TU TRISTE ?

C'EST
LUI...
... QUI
TE FAIT
PLEURER ?

DOKANG
SHi-NEKi!!
LA PROCHAINE FOIS QUE TU FAIS PLEURER MA COPINE ...
... CELA NE SE PASSERA PAS COMME ÇA !

VIENS, RIIKO, ON S'EN VA.
C'EST QUI, CELUI-LÀ ?
ÇA VA ?
NE RESTEZ PAS LÀ SANS RIEN FAIRE, AIDEZ-LE !
...
COMMENT VOUS SENTEZ-VOUS...
MONSIEUR ?
SOURIRE
?

ZAMM
AH !!
ASAMOTO ! QU'EST-CE QUE TU AS FAIT À CE CLIENT ?!
VEUILLEZ M'EXCUSER. JE VOUS PRÉSENTE MA DÉMISSION.
CE GARÇON ...
... QUI EST-CE ?

Night ? Comment m'as-tu trouvée ?
Parce que je suis ton copain ! Alors, ne pleure plus.
...
Mon copain...
...Pour trois jours seulement...
Ils ne s'ennuient pas, à ce que je vois !
ニヤ
Sourire

LUI OU RIEN!

CHAPITRE 3 :
ACHETÉ !

BATAM
NOUS SOMMES LÀ !
IL N'Y A PERSONNE, TU SAIS !
QU'EST-CE QU'ON FAIT ? TU AS FAIM ?
NON... JE VAIS ME COU... JE VAIS DORMIR !
MERCI POUR CE QUE TU AS FAIT TOUT À L'HEURE.
Ssjuu
BONNE NUIT !

パタン…
BATAM
ELLE EST ENCORE TRISTE...
"J'ÉTAIS PRÊT À LA REMBALLER IMMÉDIA-TEMENT !"
"CE N'EST PAS LE GENRE DE FILLES AVEC QUI JE SORS !"
"ELLE EST VRAIMENT BIZARRE".

"QUELLE PLAIE !"
"C'EST POUR ÇA QUE TU TE FAIS TOUJOURS REMBALLER !"
C'EST VRAI...
JE SUIS LOURDE ET BANALE... JE N'AI PAS DE QUALITÉS PARTICULIÈRES...
POC
QUEL GARÇON VOUDRAIT DE MOI...
FRAFF
RIIKO EST-ELLE RENTRÉE ...?

JE NE PEUX PAS LUI DEMANDER...
... QUI EST CE GARÇON...
TCHIP TCHIP

ROLL
BONG
ARH !
TCHAK
カチャ…
ZUT ALORS...
JE ME SUIS ENDORMIE TOUT HABILLÉE...
BONJOUR !

J'AI DÉCIDÉ QU'EN 2003, JE DEVIENDRAIS UNE "DESSINATRICE DE GARÇONS". DEPUIS, JE N'AI PLUS LE MOINDRE INTÉRÊT POUR LES PERSONNAGES FÉMININS. ÇA NE VA PAS ! AVANT, ON ME DEMANDAIT SOUVENT POURQUOI JE DESSINAIS AVEC TELLEMENT DE SOIN LES CORPS FÉMININS, PAR EXEMPLE LA POITRINE. CETTE ÉPOQUE OÙ JE ME CONCENTRAIS SUR LES COURBES ME SEMBLE RÉVOLUE. IL FAUT DIRE QUE J'AVAIS CONSCIENCE DE MON LECTORAT MASCULIN. C'EST UN PEU COMME SI JE M'ÉTAIS ÉMANCIPÉE DEPUIS. MAIS IL EST VRAI QUE J'AIME BIEN LES FEMMES SÉDUISANTES. À PROPOS, ON NE PEUT PAS DIRE DE RIIKO QU'ELLE SOIT SÉDUISANTE. EN FAIT, CE N'EST PAS QUE LES FEMMES ME LAISSENT FROIDE, MAIS JE ME CONCENTRE MAINTENANT SUR LES PERSONNAGES MASCULINS. RIIKO N'EST PEUT-ÊTRE PAS SÉDUISANTE, MAIS ELLE EST MIGNONNE. C'EST UNE FILLE "NATURE". J'AI ENVIE D'ÊTRE SON AMIE ! ELLE MÈNE UNE VIE UN PEU DÉRÉGLÉE, MAIS JE PENSE QU'IL Y A PIRE QU'ELLE DANS LA RÉALITÉ ! POUR SON CÔTÉ UN PEU "CLOWN", JE ME SUIS INSPIRÉE DE MA PROPRE PERSONNE (RIRES) ! JE SUIS COMME ÇA D'HABITUDE, ET MÊME DANS MA VIE PROFESSIONNELLE ! ENFIN, J'AI UN CÔTÉ "CLOWN", MAIS J'AIME AUSSI ÊTRE SÉRIEUSE. DES LECTEURS ME FONT REMARQUER QUE LES NOMS DES PERSONNAGES SONT ÉCRITS EN KATAKANA. EH OUI, JE L'AI FAIT EXPRÈS ! POUR DONNER UNE TOUCHE FUTURISTE. ET PUIS JE VEUX TOUJOURS ME DÉMARQUER DE CE QUE J'AI FAIT AVANT. MÊME SI C'EST PAR UN DÉTAIL.

ÇA N'A PAS L'AIR BON ?
AÏE...
ダメかな〜
EUH...
NON, CE N'EST PAS ÇA...
OUPS
どきっ
VOILÀ !!
OUVRE LA BOUCHE ♡ !!
EUH !? MAIS !
OUVRE LA BOUCHE !
...
ぱく
Gloups

C'EST BON !!
NIGHT, TU ES INCROYABLE ! TU SAIS AUSSI CUISINER !!
?
MAIS C'EST TOI QUI M'AS PROGRAMMÉ AINSI !
AH!
あ
CHOIX DES TRAITS DE CARACTÈRE ÉCRIVEZ ICI LES CARACTÉRISTIQUES DE VOTRE AMOUREUX IDÉAL.
C'EST VRAI ! JE ME SUIS PRISE AU JEU ET J'AI AJOUTÉ TOUTE UNE SÉRIE D'OPTIONS !
QU'EST-CE QUE J'AI DEMANDÉ, À PART CELA ?
AUJOURD'HUI, TU NE DOIS PAS ALLER À L'ÉCOLE, N'EST-CE PAS ?
ALORS, SI NOUS SORTIONS NOUS AMUSER ! IL FAIT BEAU !
SORTIR... JE N'EN AI PAS TRÈS ENVIE...
NON ? BON, ALORS DANS CE CAS...
FAISONS L'AMOUR !!!
NON, SORTONS NOUS AMUSER !

HM... ÉVIDEM-MENT...
LÉGER COMPLEXE DE SUPÉRIORITÉ
TOUTES LES FILLES SE RETOURNENT SUR SON PASSAGE.

JE SAIS BIEN QU'IL N'EST PAS HUMAIN...
... MAIS IL N'Y EN A PAS UN COMME LUI !
AH !
STRAWHAT.
RIIKO, CETTE ROBE T'IRAIT BIEN.
AH BON, TU CROIS ?
J'EN SUIS SÛR !
COMME TU AS LE TEINT CLAIR, TOUTES LES COULEURS TE VONT !
C'EST LA PREMIÈRE FOIS...
... QU'ON ME DIT CELA...
GAME
HM... JE RATE TOUTES LES CIBLES...

CLIC
AH ?
JE VAIS ESSAYER.
QUELLE RAPIDITÉ !!
IL EST TROP DOUÉ !
IL EN ATTRAPE TROP !
ÇA T'A FAIT DU BIEN ?
OUI.
C'EST QUE TU AS FAIT MOUCHE À TOUS LES COUPS, ET TU AS RÉALISÉ UN SCORE JAMAIS ATTEINT !
AH, EXCUSE-MOI, J'AI REÇU UN MESSAGE...
ATTENDS-MOI !
DOM

!!
POF
...!!
L'IMAGE D'ISHIZEKI !!
BAM
P25US
DoCoNo

WAHH !
IL A SAUTÉ !!
AH !
はっ
C'EST UN SUPER-HÉROS ?
DAM

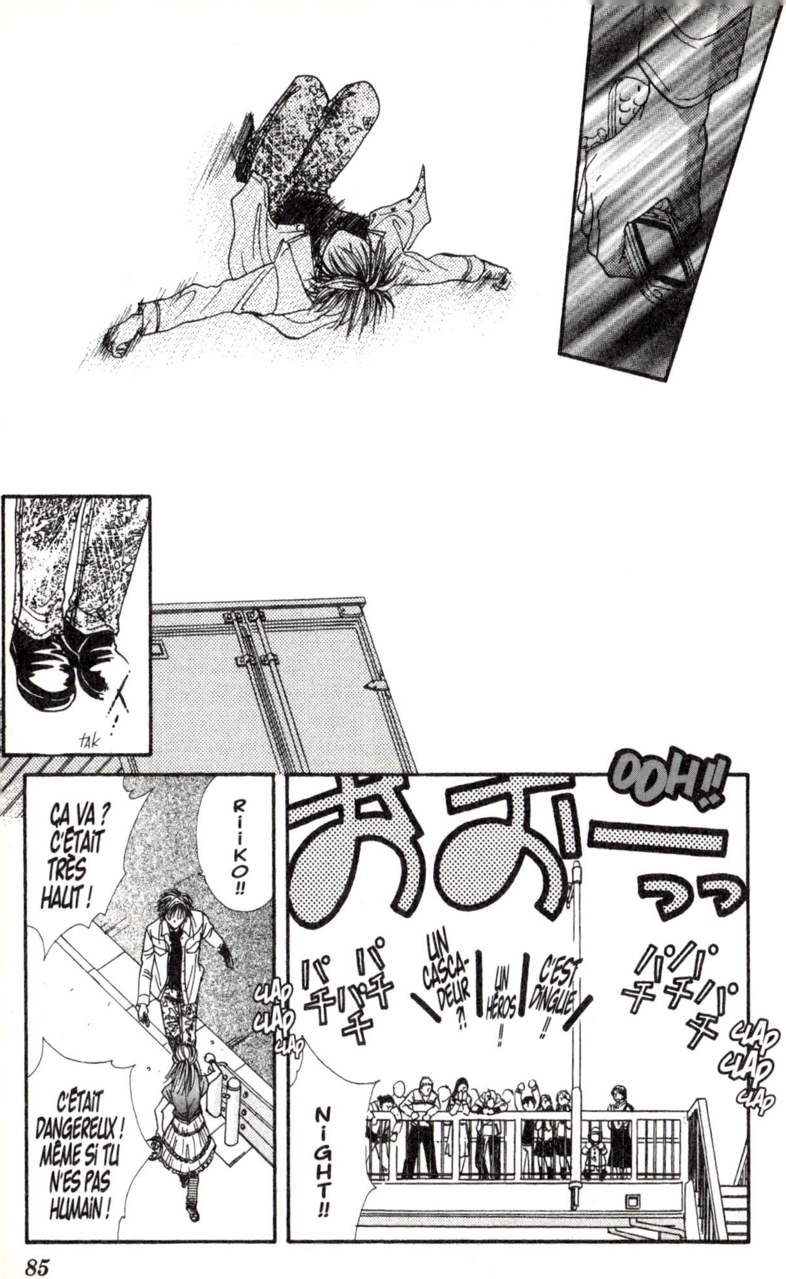
TAK
おおーっっ
OOH!!
パチパチ
UN CASCADEUR ?!
UN HÉROS !!
C'EST DINGUE !!
パチパチ
CLAP CLAP CLAP
CLAP CLAP CLAP
NIGHT!!
RIIKO!!
ÇA VA ? C'ÉTAIT TRÈS HAUT !
C'ÉTAIT DANGEREUX ! MÊME SI TU N'ES PAS HUMAIN !

MAIS TU TIENS À CE PORTABLE, NON ?
NE T'INQUIÈTE PAS POUR MOI !
QUEL TYPE SUPER !!
AH ! MERCI, MERCI !
くすっ
HU HU !!
HA HA HA !!
TU N'HÉSITES PAS, TOI !
TU ES VRAIMENT INCROYABLE, NIGHT !
MERCI.

WHOO
QUOi ?
TU AS REPRIS DU POIL DE LA BÊTE !
TU AS ENFIN RI !
J'EN SUIS HEUREUX.

TU ES PLUS MIGNONNE QUAND TU RIS.
BLUSH
かあ…
NE DIS PAS DE MENSONGES !
TU NE M'AS PAS PROGRAMME POUR ÊTRE UN MENTEUR !
...
OÙ EST-CE QU'ON VA MAINTENANT ?
C'EST BIZARRE...
J'AI LE COEUR QUI BAT...
Coucou ! Est-ce que tu as le cafard aujourd'hui aussi ? Ça ne te ressemble pas !
... MIKA ...

Clic
Clic
カチカチ
P25US
Arrête de déprimer ! Idiote !
SÔSHI...
SH25US
de : Riiko
à : Sôshi
J'ai plus de forces que tu ne le crois ! Idiot !
Merci quand même.
DoCoNo
...

EFFACER
Bip
TOC TOC
RiiKO?

EUH... DIS...
EST-CE QUE TU VEUX BIEN...
... DORMIR AVEC MOI, CETTE NUIT ?
AH!
JE NE TE PROPOSE PAS DE COUCHER AVEC MOI !!
...
SIMPLEMENT...
SIMPLEMENT...
Ssiou

VIENS.

TA CHALEUR...
MERCi...
...NiGHT
CLic
ぱか

BONJOUR.
OUPS!
B... BONJOUR !!
TU ÉTAIS ÉVEILLÉ ? TU NE DORS PAS, C'EST ÇA ?
JE SUIS CAPABLE DE DORMIR...
MAIS J'AI CONTEMPLÉ TON VISAGE ENDORMI PENDANT TOUTE LA NUIT.
JE SUIS GÊNÉE...
AH!
はっ
JE NE PEUX ÊTRE TON PETIT AMI QUE JUSQU'À AUJOURD'HUI.
C'EST VRAI !
J'AVAIS OUBLIÉ !

MA RELATION AVEC NIGHT NE DURE QUE TROIS JOURS.
GRANDE PROMOTION ! ESSAI GRATUIT PENDANT TROIS JOURS !
DEMAIN, JE DEVRAI LE RENDRE...
TU ES SÛRE QUE TU NE VEUX PAS FAIRE L'AMOUR ?
...
JE ME SENS ...
... UN PEU...
... TRISTE...
JE VOUDRAIS QUE NOUS RESTIONS ENCORE...
... UN PEU ENSEMBLE...
DING DONG DING DONG
ピンポーン ピンポーン…
!?

BONJOUR !!
MERCI POUR VOTRE FIDÉLITÉ ! C'EST LA SOCIÉTÉ KRONOS HEAVEN !
AH !!
LE VENDEUR COSPLAYER DE L'AUTRE JOUR !
JE NE SUIS PAS UN COSPLAYER !
ENFIN ! PASSONS...

JE TE REMERCIE D'AVOIR ACHETÉ UN PRODUIT DE NOTRE SOCIÉTÉ !
PARDON ?
RIIKO ?
JE PARLE DE LUI, VOYONS !!!
LE "MODÈLE D'AMOUR" QUE TU AS ACHETÉ DANS NOTRE "LOVER SHOP".
QUOI ? ATTENDS UN PEU... JE L'AI ACHETÉ ?
NIGHT ÉTAIT À L'ESSAI GRATUITEMENT PENDANT TROIS JOURS !
NE T'INQUIÈTE PAS ! NOTRE SOCIÉTÉ EST CONNUE POUR SON ÉTHIQUE !
ÉCOUTE-MOI PLUTÔT.
J'ÉCRASE LE PRIX AU MAXIMUM POUR TE FAIRE UNE OFFRE SANS PAREILLE !
NON, MAIS...

* NDT : ENVIRON 748 000 EUROS.

POUR QUOI ?
POUR TOI !
ZUT ALORS, TU N'AVAIS PAS BIEN LU LE CONTRAT ?
IL FALLAIT RENDRE LE PRODUIT DANS LES 72 HEURES SUIVANT SA LIVRAISON, AUTREMENT DIT, AVANT QUATRE HEURES CINQ AUJOURD'HUI !
RIKO
SINON, NOUS CONSIDÉRONS ...
... QUE LE PRODUIT A ÉTÉ ACHETÉ...
QU... QUOI...
VEUILLE DONC NOUS REMETTRE CENT MILLIONS DE YENS !
QUOI !?
CENT MILLIOOOOONS !?

LUI OU RIEN!

CHAPITRE 4 : UN GARÇON À CENT MILLIONS DE YENS

* NDT : CELA SIGNIFIE "LA MANTE ÉCORCHEUSE" (DE HAGU : ÉCORCHER ET KAMAKIRI : LA MANTE RELIGIEUSE).

CENT MILLIONS DE YENS...
ÇA REPRÉSENTE QUOI ?
ÉCOUTE, PETIT BONHOMME. ÇA, C'EST UN BILLET DE 10.000 YENS.
FLAP
EH BIEN, IL FAUT 10.000 BILLETS COMME CELUI-CI.
HEIN !? MAIS C'EST DINGUE !
EH OUI ! TU ES UN GARÇON À CENT MILLIONS DE YENS !!
ET C'EST ELLE QUI VA PAYER CE PRIX !
MERCI, RIIKO !
RESPECT !!
C'EST TROP CHER, JE TE DIS !
AH?
MAIS QU'EST-CE QUE TU RACONTES ?
REGARDE-MOI CETTE LISTE ! TOUTES CES OPTIONS POUR DÉTERMINER SON CARACTÈRE !!!
DOMM
OPTIONS?
AH...
C'EST VRAI QUE J'AI ÉCRIT TOUT CE QUI ME PASSAIT PAR LA TÊTE...

CHACUNE DES OPTIONS COÛTE 100.000 YENS...
• Rigolo
• Doué en cuisine
• Sportif
• Un peu coquin
• Fort dans les disputes !
• Propre
• Qui m'aide en cas de pépin
• Adroit
• Intelligent
• Mignon
• Un peu jaloux
• Costaud
• Qui peut me consoler
• Naturel
• Gentil !!
• Fiable
• Très "mec" (qui me rabroue de temps en temps)
SI ON LES CHOISISSAIT TOUTES, ON DÉPASSERAIT LES CENT MILLIONS !
C'EST DONC ÇA !
OUCH!
MA VIE SOMBRE...
TU AS PRIS TROP D'OPTIONS !!
SI UN GARÇON CONFORME À TES CHOIX EXISTAIT, IL SERAIT EFFRAYANT !
BON, EN FAIT, ON L'A FABRIQUÉ...
...DANS LE MALHEUR !!!
À PROPOS, IL N'EST PLUS POSSIBLE DE RETOURNER LA MARCHANDISE.
SI TU NE PEUX PAS PAYER EN UNE FOIS, TU AS LA POSSIBILITÉ D'ÉCHELONNER LE PAYEMENT, NE T'INQUIÈTE PAS !
JE TE PROPOSE UN ÉCHELONNEMENT TRÈS RAISONNABLE DU REMBOURSEMENT SUR 50 ANS !
CRUNCH CRUNCH
50 ANS ?
BON ! JE VAIS PAYER !
GRR
MAIS C'EST TOI QU'ON PAIE, VOYONS !

ENFIN, C'EST VRAI QUE NOUS AVONS DÉVELOPPÉ CE PRODUIT POUR LES DAMES FORTUNÉES...
MAIS MAINTENANT QUE VOUS ÊTES SORTIS ENSEMBLE PENDANT TROIS JOURS, VOUS DEVEZ ÊTRE INSÉPARABLES...
EUH ?
OUI, AVEC TOUTES LES TECHNIQUES QU'IL CONNAIT POUR ATTEINDRE L'EXTASE...
LA PUDEUR ME RETIENT D'EN DIRE PLUS !
MAIS NOUS N'AVONS RIEN FAIT !
RIEN DU TOUT.
QUOI ! VOUS N'AVEZ PAS COUCHÉ ENSEMBLE ?! MAIS POURQUOI PENSES-TU QU'IL A ÉTÉ CRÉÉ ?
IL FAIT PARTIE DE LA SÉRIE D'AMOUREUX "NIGHTLY" ! IL PEUT TIRER 30 COUPS EN UNE NUIT !
C'EST POUR CREVER, ÇA !
JE M'EN FICHE ! JE CROIS EN L'AMOUR PUR ET ROMANTIQUE !!!
LE COEUR DES FEMMES EST INCOMPREHENSIBLE... QUE FAUT-IL FAIRE, MINO ?
C'EST PAS VRAI...
CE N'EST PAS LE MOMENT DES CONSULTATIONS TÉLÉPHONIQUES !!
C'EST PLUTÔT MOI QUI EN AI BESOIN...

EN TOUT CAS, TU DOIS PAYER !
POUR CE QUI EST DE L'ÉCHELONNEMENT SUR 50 ANS, LE REMBOURSEMENT ET LES INTÉRÊTS SONT DÉTERMINÉS DE CETTE MANIÈRE...
M... MAIS...
LE NON-RESPECT DU CONTRAT POSERAIT PROBLÈME !
DANS TROIS JOURS, TU DEVRAS PAYER UN PREMIER VERSEMENT DE 300.000 YENS !
QU'EST-CE QUE JE VAIS FAIRE ?!
...
JE N'ARRIVERAI JAMAIS À REMBOURSER CENT MILLIONS DE YENS !!
SILENCE
DE L'ARGENT...
DE L'ARGENT...
DE L'ARGENT...
DE L'ARGENT...
ON DIRAIT UNE MÉNAGÈRE SANS LE SOU...

Si j'appelais papa et maman...?
J'ai fait un achat par correspondance... mais je n'ai pas assez d'argent pour le payer... Quoi ? Le prix ?
Cent millions !!
Son père travaille à l'étranger. Sa mère est journaliste.
Ils...
Ils vont me déshé-riter...
Ils auront surtout une crise cardiaque !
La seule solution, c'est de travailler...
Mais le seul moyen pour une lycéenne de se faire de l'argent, c'est bien sûr...
... Travailler sur les chantiers !!
Mais non ! Fréquenter des hommes âgés !
Grr
Tu es toujours là, toi ? Rentre chez toi !
Je suis revenu sans y penser !
Rentre chez toi, je te dis !
Riiko...

OUI ?
JE VAIS QUAND MÊME ESSAYER DE T'AIDER...
COMMENT ÇA...
EN TRAVAILLANT ! JE VEUX GAGNER MOI-MÊME L'ARGENT DE MON REMBOURSEMENT.
MAIS C'EST UN PEU BIZARRE !
JE NE VEUX PAS...
... RESTER LÀ SANS RIEN FAIRE...
NIGHT...
JE VAIS ME DÉBROUILLER, NE T'INQUIÈTE PAS !
C'EST DE MA FAUTE, J'AURAI DÛ LIRE ATTENTIVEMENT LES CLAUSES DU CONTRAT.
RIIKO...

PARLONS MAINTENANT DE GAKU NAMIKIRI. IL EST ORIGINAIRE DE LA RÉGION DU KANSAI. DANS TOUTES MES SÉRIES PRÉCÉDENTES, IL Y A TOUJOURS UN PERSONNAGE QUI VIENT DU KANSAI. JE VIENS MOI-MÊME D'OSAKA, OÙ J'AI VÉCU PENDANT 20 ANS, MÊME SI J'HABITE ACTUELLEMENT À TOKYO DEPUIS PRESQUE AUSSI LONGTEMPS. JE N'UTILISE PLUS LA LANGUE DU KANSAI QU'AVEC MA FAMILLE (ET AUSSI, À UNE OCCASION, POUR LE MANGA "AKADEMI YANKA", C'EST VRAI). MAINTENANT, QUAND JE RADOTE TOUTE SEULE, C'EST DANS LA LANGUE DU KANTÔ, LA RÉGION DE TOKYO (RIRES) ! QUAND JE RETOURNE À OSAKA, IL ME FAUT BIEN TROIS JOURS POUR ME RÉHABITUER À LA LANGUE. BIEN SÛR, JE NE VEUX PAS ÊTRE AUTANT IMPRÉGNÉE PAR LA CULTURE DU KANTÔ ! MAIS CE N'EST PAS LE CAS. JE CONTINUE À CULTIVER UN SENS DE L'HUMOUR TYPIQUEMENT KANSAÏEN ! ET C'EST POUR CELA QUE JE TIENS À FAIRE INTERVENIR DES PERSONNAGES DU KANSAI DANS CHACUN DE MES MANGAS. REVENONS-EN À GAKU ! SELON MON ASSISTANTE, IL DOIT AVOIR UN PEU PLUS DE VINGT-CINQ ANS. LA SOCIÉTÉ KRONOS HEAVEN EST UN PEU LOUCHE... EN FAIT, LA SÉRIE "ZEKKARE" (APPAREMMENT, C'EST L'ABRÉVIATION DE ZETTAI KARESHI) N'EST PAS VRAIMENT TRÈS COHÉRENTE... PARFOIS ON S'AMUSE, PARFOIS ON TREMBLE, PARFOIS, TOUT DEVIENT SÉRIEUX... J'ÉCRIS COMME LES IDÉES ME VIENNENT, TOUT SIMPLEMENT. JE SERAI CONTENTE SI MES PRÉCIEUX LECTEURS PRENNENT PLAISIR À ME LIRE EN SE DEMANDANT CE QUE L'HISTOIRE VA CONNAITRE COMME NOUVELLES PÉRIPÉTIES. EN TOUT CAS, C'EST UNE COMÉDIE SENTIMENTALE. RIIKO VA-T-ELLE PRÉFÉRER NIGHT OU SÔSHI ? EN FAIT, MÊME MOI, JE L'IGNORE !

DE L'ARGENT ?
TU CHERCHES UN TRAVAIL ?
OUI, ET JE ME DEMANDAIS SI TU NE CONNAISSAIS PAS UN BOULOT QUI RAPPORTE...
SORTIR AVEC DES VIEUX !
はっはっはー
HAHAHA !!
はっはっはー
HAHAHA !!
IL N'Y A DONC QUE CELA ?
PERSONNE NE VOUDRA DE TOI !
PLANCHE À PAIN !
NE FAIS PAS DE COMMENTAIRES DÉSOBLIGEANTS DANS MON DOS !
SÔSHI ? DEPUIS QUAND ÉTAIS-TU LÀ ?
JE PASSAIS DANS LE COIN, C'EST TOUT... JE TRAVAILLE LE JOUR !

ÇA N'A RIEN À VOIR…
ITÔ, NE DONNE PAS DE MAUVAIS CONSEILS À RIIKO.
CETTE IDIOTE RISQUE SÉRIEUSEMENT DE LES SUIVRE !
HMM… ASAMOTO, TU NE SERAIS PAS AMOUREUX DE RIIKO, DES FOIS ?
HEIN ?
Hic
QU'EST-CE QUE TU VAS CHERCHER, MIKA ?
ENFIN… TU VAS FINIR PAR LE TUER SI TU CONTINUES…
DOSS DOSS
UH
OH
ALORS…
POURQUOI AS-TU BESOIN D'ARGENT ?
ぬ
BOUH!
OUPS…
EUH… ENFIN…

J'AI FAIT UN ACHAT VIA INTERNET...
QU'EST-CE QUE TU AS ACHETÉ ?
ÇA COÛTAIT COMBIEN ?
UNE POUPÉE ANIMÉE À CENT MILLIONS DE YENS...
IMAGE
SI JE DISAIS CELA, ILS ME ROUERAIENT DE COUPS !
C'EST UN SECRET !!
AU FAIT, SÔSHI, TU TRAVAILLES, NON ?
TU M'AVAIS DIT QUE C'ÉTAIT BIEN PAYÉ !
OUI... ILS CHERCHENT PEUT-ÊTRE QUELQU'UN...
COMME J'AI RENDU MON TABLIER...
AH!
え

MAIN-TENANT QUE J'Y PENSE...
JE T'AI APPORTÉ UN PLAT !
IL Y A DEUX JOURS...
POURQUOI AS-TU DÉMISSION-NÉ ?
...
HM...
?
COMME ÇA.
DING DONG
LE CARILLON A SONNÉ !
?
...

AH LÀ LÀ...
PERSONNE N'A PU ME CONSEILLER...
QU'EST-CE QUE JE VAIS BIEN FAIRE...
DANS LA LUNE
DONG
AAARH !!
HM ?
AÏE
On recherche des floor ladies !
Salaire horaire : → 10.000 YENS
TOI QUI VEUX GAGNER DE L'ARGENT ! CELA TE DIRAIT DE FAIRE UN TRAVAIL HORS NORMES ET ENTIÈREMENT SÛR DANS UN BAR ?
NOUS RECRUTONS ACTUELLEMENT DES DÉBUTANTES
2 heures pour → 12.000 YENS
COSPLAY CLUB
Angel Play
0120-XXX-XXX
ÇA ALORS !!!
DAM DAM DAM DAM DAM
RIIKO ! JE SUIS CONTENT DE TE REVOIR !!

BATAM
TU VEUX D'ABORD PRENDRE UN BAIN OU MANGER ?
FRAFF FRAFF
DAM
NIGHT, JE TE CONFIE LA GARDE DE L'APPARTEMENT !
...OU TE COUCHER...
...
HEURES D'OUVERTURE : 18H40
JE M'APPELLE RIIKO IZAWA. J'AI 18 ANS !!
JE TRAVAILLERAI DE MON MIEUX !
SOUS-VÊTEMENTS REMBOURRÉS
HMM...
TU N'ES PAS LYCÉENNE, J'ESPÈRE !!
ENFIN, PUISQUE JE MANQUE DE PERSONNEL... BON COURAGE POUR CETTE SOIRÉE D'ESSAI !
MERCI !

MERCI POUR VOTRE BIENVEILLANCE !
ÇA MARCHE !!
NIGHT !?
QUE FAIS-TU LÀ ?
JE ME DÉVELOPPE !!
TOI AUSSI TU CHERCHES UN TRAVAIL ?
AH BON !!
CE N'EST PAS POSSIBLE, NIGHT ! CE SONT DES FILLES QUI TRAVAILLENT ICI...
TU AS UN TRÈS BEAU VISAGE !
J'ACCEPTE, SI TU T'HABILLES EN FEMME !
COMMENT !!

N'EMPÊCHE...
QU'EST-CE QUE C'EST...
... QUE CETTE TENUE !
ÇA SENT DRÔLEMENT L'OTAKU ICI. JE ME TROMPE ?
RIIKO !
ÇA ME VA ?
UNE BONNE !
メイドっす。
ÇA TE VA TROP BIEN !
SENTIMENT DE DÉFAITE.
RIIKO ?
QU'IL EST BEAU !
JE NE SAIS PAS TROP DE QUOI IL RETOURNE, MAIS TIENS BON, RIIKO !
C'EST POUR REMBOURSER MA DETTE !

CE BAR NE ME PLAiT DÉCiDÉMENT PAS TROP !
iL Y EN A POUR TOUS LES GOÛTS...
DE TOUTE FAÇON, iL SUFFiT DE VERSER À BOiRE.
LE PATRON M'A DiT QUE JE NE SUiS PAS OBLiGÉE DE BOiRE.
BONJOUR TOUT LE MONDE !
OH !
TU ES VACHEMENT BELLE, TOi !
C'EST VRAi...
iL A LA PERFECTiON D'UNE POUPÉE...
GLOU GLOU GLOU
HÉ LÀ ! DiS !

AH ! PARDON !
C'EST PAS GRAVE, MA MINETTE !
TON CÔTE "DÉBUTANTE" EST CHARMANT !
ぎゅっ
Hi !
COUIC
DOGOSSs
QU'EST-CE QUE TU FAIS À CE CLIENT ?!
GRMM
MAiS ...
ごす...
GOSSs
RiiKO EST MA COPiNE !
NiGHT !!
QUELLE ÉMOTION !

ÇA VA, NIGHT...
IL FAUT GAGNER DE L'ARGENT, ALORS JE ME MAÎTRISE UN PEU...
MESSIEURS-DAMES, VOICI ENFIN LE MOMENT TANT ATTENDU !
HM ?
SHOW TIME !!!

NOUS SOMMES...
...DANS LE MONDE...
...DES ADULTES...
QUOI !? MAIS IL NE M'A PAS PARLÉ DE ÇA !
MAIS QU'EST-CE QU'ILS FONT ?!
ALLEZ ! DÉSHABILLE-TOI VITE !
ME DÉSHABILLER ?
ZKANG
PUISQUE VOUS ME LE PROPOSEZ SI GENTIMENT...
NIGHT ! RESTE HABILLÉ !
C'EST QU'IL EST SEXY, EN PLUS !
TCHAK
VIENS LÀ, MON MINOU !

GABAM
NON !!
...!?
DANG
BAS LES PATTES !!

NE TOUCHE PAS...
...À MA COPINE !!
UN... GARÇON...
NIGHT...
N'AIE PLUS PEUR, RIIKO.
GABAM
JE VAIS M'OCCUPER DE LUI !
QUOI !?
JE VAIS LUI FLANQUER UNE BONNE RACLÉE !
JE NE PENSAIS PAS À ÇA...

AARGH!!
MAIS QU'EST-CE QUE VOUS FICHEZ, VOUS DEUX ?
LE BAR N'EST PAS DE CE BORDEL-LÀ !
VOUS ÊTES VIRÉS !
MAIS... L'ARGENT...
EN EFFET...
HA HA HA!!
あはは
IL NE NOUS RESTE SANS DOUTE PLUS QU'À BRAQUER UNE BANQUE...
FINALEMENT, ILS N'ONT PAS GAGNÉ UN CENTIME !
DÉSOLÉ, RIIKO...
IL NE COMPREND PAS POURQUOI IL A REÇU UN SAVON !
CE N'EST PAS GRAVE... JE N'AVAIS PAS PENSÉ QUE CE SERAIT CE GENRE DE BAR...
JE VAIS PEUT-ÊTRE DEVOIR SORTIR AVEC DES VIEUX...
RIIKO...

TU VEUX BIEN...
... ME RENDRE À LA SOCIÉTÉ ?
QUOI ?
À MON AVIS, GAKU NE SERA PAS D'ACCORD...
... MAIS JE VAIS NÉGOCIER.

C'EST VRAI QUE ÇA M'AIDERAIT, MAIS...
MAIS...
JE NE VEUX PAS...
... QUE TU AIES L'AIR TRISTE À CAUSE DE MOI.
J'AIME LA RIIKO QUI RIT !
ALORS, RENDS-MOI À LA SOCIÉTÉ !

DODOM
ドキ
DODOM
ドキ
DODOM
POURQUOI A-T-IL LE CŒUR QUI BAT ?
CELA DOIT FAIRE PARTIE DES OPTIONS...
MAIS...
QUE SE PASSERA-T-IL SI JE TE RENVOIE ?
...
PEU IMPORTE !
JE LE FAIS POUR TOI, C'EST LE PLUS IMPORTANT.
NE DIS PAS CES CHOSES-LÀ...
... AVEC CETTE EXPRESSION...

ドキ DOM DOM
ドキ DOM DOM
JE...
ドキ DOM DOM
JE...
EH BIEN ! ÇA ROULE, ON DIRAIT !
BESSH
ET ÇA PARLE DE RENVOYER...
... UN ARTICLE DE NOTRE SOCIÉTÉ !
GAKU...!?
MAIS QUAND...
J'AI ENVIE DE VOUS DEMANDER SI VOUS AVEZ GAGNÉ DE L'ARGENT, MAIS JE ME RETIENS !

JE N'AI PAS LE CHOIX...
JE VEUX BIEN T'ACCORDER UNE RÉDUCTION DE PRIX AUSSI GRANDE QU'EXCEPTIONNELLE !!
EUH...
TU N'AURAS QU'À ME PAYER MAINTENANT CE QUE TU PEUX ME PAYER !
C'EST... C'EST VRAI !?
MAIS À UNE CONDITION.
TU DOIS TE METTRE À LA DISPOSITION...
... DE NOTRE SOCIÉTÉ !
QUOI !?

CHAPITRE 5 : INVITATION À DÎNER

ALORS...
TU VEUX DONC...
... QUE JE VENDE MON CORPS À TA SOCIÉTÉ ?
AH ?
J'AI DIT ÇA ?
MAIS OUI, TOUT À L'HEURE, DANS LA RUE !
TU AS DIT QU'EN ÉCHANGE DE LA RÉDUCTION DE PRIX EXCEPTIONNELLE POUR NIGHT...
... JE DEVAIS ME METTRE À LA DISPOSITION DE TA SOCIÉTÉ !
AH, C'EST DE ÇA QUE TU PARLES ? TU TE TROMPES !

GRR
D'ABORD, TU N'AS PAS ASSEZ DE VALEUR POUR ÊTRE VENDABLE !
RIIKO, CALME-TOI !
EN FAIT, NOUS VOULONS QUE TU NOUS FOURNISSES DES DONNÉES.
... DES DONNÉES ?
CETTE POUPÉE EST EFFECTIVEMENT BIEN FAITE...
... MAIS C'EST NOTRE PREMIER MODÈLE ET NOUS DEVONS ENCORE...
... NOUS LIVRER À TOUTES SORTES D'ESSAIS POUR DÉCOUVRIR DES CHOSES QUE NOUS IGNORONS. CE PRODUIT A POUR FINALITÉ DE FAIRE PLAISIR AUX FEMMES.
NOUS POUVONS BIEN SÛR CRÉER SON APPARENCE ET CERTAINS MODÈLES DE COMPORTEMENT...
... MAIS IL NÉCESSITE DES AMÉLIORATIONS DANS SES RÉACTIONS PAR RAPPORT À LA PSYCHOLOGIE FÉMININE SI SOPHISTIQUÉE.
PAR EXEMPLE, SI TU N'ES PAS DANS LA BONNE DISPOSITION D'ESPRIT, TU NE VEUX PAS FAIRE L'AMOUR, N'EST-CE PAS ?

C'EST CE GENRE DE DÉTAILS QUI NOUS INTÉRESSENT. LES FEMMES SONT TERRIBLEMENT COMPLIQUÉES !
TANT QUE NOUS N'ÉLUCIDERONS PAS CES POINTS, NOUS NE POURRONS PAS CONSTRUIRE UN MODÈLE PARFAIT !
ET VOILÀ OÙ TU INTERVIENS !
EN ÉCHANGE DE L'ANNULATION DE TA DETTE DE CENT MILLIONS DE YENS, TU VAS TOUT LUI APPRENDRE DE LA FEMME !
parrie
TOUT...
VRAIMENT TOUT ?
LES DONNÉES SUR TA PSYCHOLOGIE, ET TES RÉACTIONS PHYSIQUES...
... VONT NOUS SERVIR POUR LE NUMÉRO 2 ET LE NUMÉRO 3 QUI SONT MAINTENANT EN COURS D'ÉLABORATION.
MAIS C'EST COMME ME DEMANDER DE ME METTRE TOUTE NUE !
J'VEUX PAS !
ALORS, PEUX-TU PAYER CENT MILLIONS DE YENS ?
NON.
LA COLLECTE DES DONNÉES EST TRÈS SIMPLE. NIGHT, PASSE-MOI TA MAIN GAUCHE.

CETTE BAGUE...
... EST CONSTRUITE POUR LIRE LES SENTIMENTS DE CELLE QU'IL TOUCHE. EN TEMPS NORMAL, LA PIERRE EST BLANCHE.
QUAND LA PERSONNE EST CONTENTE, ELLE EST ROUGE ; QUAND ELLE EST EN COLÈRE, ELLE DEVIENT BLEUE, ET NOIRE, QUAND ELLE EST TRISTE.
AH OUI...
QUAND LA PERSONNE ÉPROUVE UN CERTAIN "PLAISIR", ELLE DEVIENT ROSE ! ROSE ÉROTIQUE !
BLUSH
TU VAS LUI FOURNIR LE PLUS POSSIBLE DE DONNÉES JUSQU'À CE QUE LA PROCHAINE POUPÉE SOIT PRÊTE !
C'EST NOTRE ACCORD !!
ET SI JAMAIS JE N'ARRIVE PAS À FOURNIR DES DONNÉES INTÉRES-SANTES ?
DANS CE CAS, TU DEVRAS PAYER CENT MILLIONS EN UNE FOIS !
LE CRÉDIT EST IMPOSSIBLE !
EN UNE FOIS !!
ET SI TU NE PEUX PAS PAYER...

ZLUMM
ALORS, SUIS PRÊTE...
... CAR UN SORT TERRIBLE T'ATTENDRA !
HHAH...
ZLUMM
HHAH...
QUEL EST CE BRUIT...
HHAH...
ZZZMM
ZLUMM
HHUH...
C'EST EFFRAYANT... EST-CE UN APPEL ?
ON NE SAIT JAMAIS CE QUE PEUT FAIRE CE GENRE DE SOCIÉTÉ LOUCHE...
ZLUMM
ZZZMM
HHUH...
TRÈS BIEN ! J'ACCEPTE !!!
JE FERAI TOUT MON POSSIBLE POUR LUI APPRENDRE TOUT DE LA FEMME !
HHUH...
ZZZMM
BIP
AH ! C'EST MA SOCIÉTÉ !
QUELLE SONNERIE DÉMENTE !
ÇA !!

SHOTBAR
AU REVOIR. JE VOUS RECONTACTERAI !!
J'AI FINI PAR DONNER MON ACCORD !
ENFIN... IL SUFFIT QUE JE LUI FOURNISSE SUFFISAMMENT DE DONNÉES POUR QUE MA DETTE DISPARAISSE...
...
EN FAIT, JE SUIS CONTENT !
DE QUOI ?
DE POUVOIR ENCORE RESTER AVEC TOI, RIIKO !
JE SUIS CONTENT...

CES PAROLES LA FONT ROUGIR !
AH, RiiKO, TU ES CONTENTE, N'EST-CE PAS ?
JE SUIS TOUTE ÉMUE !
QUOi !?
AH ! C'EST PARCE QUE LA BAGUE EST ROUGE ! C'EST DONC ÇA...
C'EST DONC ÇA...
APPRENDS-MOi PLEIN DE CHOSES SUR LES FEMMES, ET SUR TOi.
どき...
DOM DOM
どき DOM どき DOM
JE SUIS CONFUSE...
DOM どき DOM どき

SÔSHI!!
...
?

EUH... JE...
SSS
TiENS ?
SÔSHi ?
iL N'A RiEN DiT ?
RiiKO ?

SSIOU
NOIR...
HEIN !?
GRR
QUI ÉTAIT-CE ?
PEU IMPORTE ! ON S'EN FICHE !
DIS, TA BAGUE NE SERAIT PAS CASSÉE, DES FOIS ?
...
BATAM
SALUT, FRANGIN ! TU RENTRES TARD, DIS DONC.

BONSOIR !!
JE CHERCHAIS UN NOUVEAU BOULOT.
AH... C'EST QUE J'AI FAIM, MOI ! PRÉPARE-NOUS QUELQUE CHOSE !
MASAKI, TU POURRAIS TE FAIRE À MANGER TOI-MÊME DE TEMPS EN TEMPS !
MAIS CE QUE JE FAIS EST MAUVAIS, ALORS QUE TOI, TU CUISINES COMME MAMAN ! TU ES DE MAUVAIS POIL ?
NON...
AH OUI ! PAPA A APPELÉ TOUT À L'HEURE !!
IL RÉSIDE MAINTENANT AU MOYEN-ORIENT !
AU MOYEN-ORIENT ? MAIS IL VA Y LAISSER SA PEAU !
COMME C'EST UN CAMERAMAN CÉLÈBRE, IL PASSE D'UN PAYS À L'AUTRE... MAIS QUAND REVIENDRA-T-IL ?
IL EN PROFITE POUR ÉTUDIER LES FEMMES DE TOUS LES PAYS !
AU FAIT, SÔSHI...
Edmunds Columbine
PUISQUE NOUS AVONS ASSEZ D'ARGENT, TU POURRAIS ARRÊTER DE TRAVAILLER ET TE TROUVER UNE FILLE POUR TE LIBÉRER DE TA FRUSTRATION SEXUELLE !
TU DOIS ÊTRE GONFLÉ À BLOC !
OCCUPE-TOI DE CE QUI TE REGARDE !
FRUSTRÉ, MOI ?

COMMENT ÇA VA AVEC RiiKO ?
GWASH
ぐしゃ
C'EST UN OEUF.
JE M'EN FICHE !
VISK
ぬちゃ…
APPAREMMENT, ELLE A UN MEC !
QUOi !!
C'EST iMPOS-SIBLE !
TELLE QUE JE LA CONNAiS, iL EST iMPENSABLE QU'ELLE SORTE AVEC QUELQU'UN !
NE LUi DiS PAS ÇA, ELLE TE FRAPPERAiT !
ET PUiS, TU ES LÀ, TOi !
!

JE ME SUIS
CASSÉ LA TÊTE POUR
TROUVER LE TITRE
ORIGINAL "ZETTAI KARESHI".
J'AVAIS D'ABORD PENSÉ
À "LOVER SHOP", MAIS CETTE
EXPRESSION NE SE
RAPPORTE QU'AU
PREMIER ÉPISODE.
IL FALLAIT UN TITRE
QUI AIT UN IMPACT, ET
QUI SOIT UN PEU AMBIGU.
J'AI PASSÉ DES JOURNÉES
À TENTER D'ASSEMBLER DES
MOTS. LE DÉLAI APPROCHANT,
J'AI CONSULTÉ MON
DICTIONNAIRE ÉLECTRONIQUE
D'ANGLAIS. JE SUIS TOMBÉE
PAR HASARD SUR LE MOT
"ABSOLUMENT" (ZETTAI)
QUI ÉVOQUE L'IDÉE D'ABSOLU,
DE PERFECTION, ET J'AI
ESSAYÉ D'Y APPOSER LE
MOT "PETIT AMI" (KARESHI).
NIGHT A EN EFFET ÉTÉ
CONSTRUIT POUR ÊTRE
UN AMOUREUX IDÉAL,
ET MÊME S'IL N'EST PAS
LE SEUL AMOUREUX DE
RIIKO, ON PEUT COMPRENDRE
CETTE EXPRESSION DANS
UN SENS PLUS GÉNÉRAL.
MON RESPONSABLE
VOULAIT QUE JE TROUVE
AUTRE CHOSE, MAIS J'AI
TENU BON, PARCE QUE MES
ASSISTANTES ET MES AMIS
AIMAIENT CE TITRE. ET IL ME
SEMBLE QUE L'IMPACT SUR
MES LECTEURS VÉNÉRÉS AIT
ÉTÉ POSITIF, NON ?

JE SUIS SATISFAITE
D'AVOIR TROUVÉ UN TITRE
FACILE À RETENIR.
EN TOUT CAS, UN TITRE,
C'EST VRAIMENT DIFFICILE
À TROUVER. IL FAUT
LE SENTIR ! ET JE TIENS
À CE QU'IL S'INTÈGRE BIEN
AUX TITRES DES SÉRIES
PRÉCÉDENTES.
QUAND IL S'AGIT D'UNE
HISTOIRE COURTE,
IL EST FACILE DE TROUVER
UN TITRE. MAIS CE N'EST
PAS LE CAS DES SÉRIES
POUR LESQUELLES IL FAUT
CONNAÎTRE UN VASTE
REGISTRE LEXICAL.
LES TITRES QU'ON
N'ARRIVE PAS À RETENIR
SONT À ÉVITER. DE MÊME
QUE LES LONGS TITRES,
ET LES TITRES QUI
RESSEMBLENT À UNE PHRASE.
QUOI QU'IL EN SOIT,
TOUT DÉPEND DE L'IMPACT.

SHAA
SÔSHI EST BIZARRE...
JE PENSAIS QU'IL ALLAIT VENIR METTRE SON GRAIN DE SEL COMME D'HABITUDE...
EN PLUS, COMME LA BAGUE EST DEVENUE NOIRE, NIGHT A DÛ S'INQUIÉTER !
PRRR PRRR
GATCHAK
RIIKO, LE TÉLÉPHONE SONNE...
GWAAAH !!
?
BLEU... ELLE EST FÂCHÉE ? ?
ALLÔ !
... AH, MASAKI ?
DÎNER ? MAINTENANT ?
EFFECTIVEMENT, JE N'AI PAS ENCORE MANGÉ...
TRÈS BIEN, J'ARRIVE TOUT DE SUITE.

C'EST UN PEU GÊNANT... MAIS SI MASAKI EST LÀ, ÇA IRA...
TU VAS QUELQUE PART, RIIKO ?
CLIC
CHEZ SÔSHI...
QUOI ?
EUH, CHEZ LES VOISINS !
EXCUSE-MOI, NIGHT, TU VAS DEVOIR M'ATTENDRE !
IL NE FAUT ABSOLUMENT PAS QU'ON SACHE QUE NOUS HABITONS ENSEMBLE !
Gloups !
...
QU'EST-CE QUE TU AS DERRIÈRE LA TÊTE, TOI ?
TU PEUX PARLER ! QUEL EMPRESSEMENT À PRÉPARER CE REPAS !
AU FAIT, POURQUOI T'ES-TU CHANGÉ ?
DING DONG
AH, LA VOILÀ !

BONSOIR...
ENTRE !
EUH ?
TU SENS BON ! TU AS PRIS UN BAIN ?
BON, J'AVAIS OUBLIÉ QUE J'AI UN RENCARD AVEC MA COPINE ! FAIS COMME CHEZ TOI !
...!?
QUOI !?
BATAM
バタン
EUH ?
MASAKI, JE VAIS TE MASSACRER À TON RETOUR !
UH...
ZUT ALORS... ON DIRAIT BIEN QUE SÔSHI EST FÂCHÉ...
J'IGNORE POURQUOI, EN PLUS !

JE FERAIS MIEUX DE RENTRER...
ASSIEDS-TOI...
PUISQUE J'AI PRÉPARÉ À MANGER...
TU PEUX AUSSI MANGER LA PART DE MASAKI !
PENDANT CE TEMPS...
RIIKO N'EST TOUJOURS PAS RENTRÉE...
FRAFF
パラ・・
5 MINUTES SEULEMENT SE SONT ÉCOULÉES.
...

SILENCE
C'EST BON !
AH...
CELA FAIT COMBIEN DE TEMPS QUE TA TANTE EST DÉCÉDÉE ?
TROIS ANS.
CRIC CROC
CRUNCH
NIAM
ON RESSEMBLE À UN VIEUX COUPLE QUI N'A PLUS RIEN À SE DIRE !
QU'EST-CE QUI TE PREND ?
T'ES VRAIMENT PAS SYMPA DU TOUT !

Si TU AS QUELQUE CHOSE À ME DIRE, DIS-LE !
KATCHAK
EH BiEN QUOi ?
ELLE LUi A DiT DE PARLER MAiS ELLE A PEUR !
TU ES VRAiMENT CAPRiCiEUSE.
QUOi ?
MOi QUi PENSAiS QUE TU ÉTAiS DÉPRiMÉE À CAUSE D'iSHiZEKi ...
... TU AS TOUT DE SUiTE TROUVÉ UN AUTRE COPAiN !
ENFiN, JE COMPRENDS QUE TU AiES EU ENViE DE CHANGER, ET PUiS, C'EST UN BEAU MEC...
...!!
TU DOiS ÊTRE CONTENTE DE T'ÊTRE ENFiN TROUVÉ QUELQU'UN !
TU SAiS SÔSHi, C'EST PAR CORRES-PONDANCE QUE JE L'Ai...
PAR CORRES-PONDANCE ?

AH! はっ
JE TE LE REDIS...
... SI ON APPREND, PAR TA FAUTE, QUE NIGHT EST UNE POUPÉE, TU DEVRAS PAYER LES CENT MILLIONS DE YENS SUR-LE-CHAMP !
QU'EST-CE QUE TU VEUX DIRE ?
GROAR !
FERME TON CAQUET, LE BINOCLARD !!!
かっ
C'EST PLUTÔT À MOI DE ME FÂCHER !!
QU'EST-CE QUE CELA PEUT BIEN TE FAIRE, QUE J'AIE UN COPAIN OU NON ?
UH...
ぐっ…
ÇA T'EST ÉGAL, NON ?
New orlins Los
C. INC. such as
...
TAK
カタ
JE RENTRE ! MERCI POUR LE REPAS !

JE RANGE MES ASSIETTES !
TCHAK
ÇA VA, LAISSE !
LAISSE TOUT LÀ !
LÂCHE-MOI !
GASHANG
AH !!
AÏE...

ÇA VA ? DÉSOLÉ !
PAS DE PROBLÈME.
NE BOUGE PAS, JE VAIS TE SOIGNER !
DOM DOM
BAM
ぱっ
AH...
PAS BESOIN !!
CE N'EST QU'UNE ÉGRA-TIGNURE...
ZWIM
!!

AH…
EUH… PARDON…
…
ドキドキ
DOM DOM
ドキドキ
DOM DOM
TIENS ?
POURQUOI SÔSHI SE TAIT-IL DE NOUVEAU ?
ET POURQUOI MON COEUR BAT-IL LA CHAMADE ?!

GASHANG
!?
RIIKO!!

NIGHT!?
COMMENT ES-TU ARRIVE ?
はくはく
Gloups
...
DAM
QU'EST-CE QUE TU AS FAIT...
DOKANG
... À MA COPINE ?!

RIIKO ! TU N'AS RIEN ?
TU FERAIS MIEUX DE DEMANDER CELA À SÔSHI !
NIGHT, POURQUOI ...!?
COMME JE T'AI ENTENDUE CRIER, JE SUIS VENU VOIR CE QUI SE PASSAIT ET ALORS, JE L'AI VU QUI...
TU TE TROMPES ! SÔSHI EST UN AMI !
UN AMI ?
OUI ! NOUS AVONS TOUJOURS ÉTÉ À LA MÊME ÉCOLE ! IL NE S'EST RIEN PASSÉ DE BIZARRE !
"À L'ÉCOLE"...
DÉSOLÉE, SÔSHI ! ÇA VA ?
OU... OUI...
BON, JE L'EMMÈNE ! JE SUIS VRAIMENT DÉSOLÉE !

BATAM
バタン
OUH…
よろ…
QUEL COUP DE POING !
C'EST POURTANT DU VERRE ARMÉ !
EN PLUS, C'EST LE QUATRIÈME ÉTAGE… COMMENT A-T-IL FAIT ?
QUI…
… EST-IL DONC ?
NIGHT, ÇA NE VA PAS !
BIEN SÛR, JE SUIS HEUREUSE QUE TU ME DÉFENDES, MAIS…
…

ENFIN, TON INTERVENTION EST ARRIVÉE À POINT...
SÔSHI EST UN PEU À PLAINDRE, MAIS...
... PARCE QUE JE COMMENÇAIS À ME SENTIR UN PEU BIZARRE...
... RIIKO...
MOI AUSSI...
... JE VEUX ALLER À L'ÉCOLE !
AH ! へ ?!?
JE VEUX FAIRE COMME TON "AMI".
ATTENDS UN PEU, L'ÉCOLE, CE N'EST PAS FAIT POUR TOI...
JE TROUVE QUE C'EST UNE EXCELLENTE IDÉE !
CHUPP
ちゅぽん
DEPUIS QUAND EST-IL LÀ, CELUI-LÀ !?
COMMENT ÇA "CHUPP" !!

COMME IL Y A BEAUCOUP DE MONDE À L'ÉCOLE, ...
... NOUS POURRONS PROBABLEMENT COLLECTER DAVANTAGE DE DONNÉES.
JE VAIS EN PARLER AUX GENS DE LA SOCIÉTÉ ET PRÉPARER LES DOCUMENTS NÉCES-SAIRES.
CECI ÉTANT DIT, MAINTENANT TU VAS ME PAYER CE QUE TU PEUX POUR REMBOURSER NIGHT.
QUELLE SOCIÉTÉ !
SUPER !!
EST-CE QUE CELA NE POSERA PAS DE PROBLÈMES D'ALLER AVEC NIGHT À L'ÉCOLE ...?
VU CE QUI S'EST PASSÉ AVEC SÔSHI...
ヤな予感。
PRESSENTIMENT DÉSAGRÉABLE...
OUAH ! QU'EST-CE QUE VOUS AVEZ FICHU, TOUS LES DEUX ?!
NOUS N'AVONS RIEN FAIT, JE TE DIS !
NOM D'UN CHIEN... POURQUOI DOIS-JE SUBIR ÇA ?

LUI OU RIEN!

CHAPITRE 6 :
ALLONS À L'ÉCOLE !

JE PORTE L'UNIFORME !!
A PARTIR D'AUJOURD'HUI, JE VAIS À LA MÊME ÉCOLE QUE RIIKO !
DJANG
C'EST ÇA !
ET À PARTIR D'AUJOURD'HUI, TU T'APPELLES NIGHT TENJÔ !
TENJÔ ?
ET PUIS, QU'EST-CE QUE TU FAIS CHEZ MOI DE GRAND MATIN, GAKU ?

* NDT : "TENJÔ" S'ÉCRIT AVEC LES KANJI "CIEL" ET "PALAIS" ET SIGNIFIE DONC "PALAIS CÉLESTE".

À L'ÉCOLE AUSSI...
... INTERDICTION FORMELLE DE DIRE QUE TU ES MON PETIT AMI !
QUOI !?
ALORS, JE NE POURRAI PAS TE PRENDRE DANS MES BRAS, NI T'EMBRASSER, NI ME DÉSHABILLER ?
DÉCEPTION
QUOI, TU VEUX TE DÉSHABILLER ?
MAIS ALORS, IL NE POURRA PAS COLLECTER DE DONNÉES SUR LA PSYCHOLOGIE FÉMININE !!
ELLE NE COMPREND RIEN, LA GAMINE !!
JE NE VEUX PAS ÊTRE GÊNÉE À L'ÉCOLE À CAUSE DU COMPORTEMENT IMPRÉVISIBLE DE NIGHT !
TCHAK
BON, J'Y VAIS LE PREMIER !
CELA NE FAIT RIEN.
DU MOMENT QUE CELA ME PERMET D'ÊTRE AVEC TOI, JE PEUX LE SUPPORTER !
OUH !!
QUEL COURAGE !!
TU N'AS PAS DU TRAVAIL QUI T'ATTEND, TOI ?

JE SENS MON COEUR SE SERRER... EXCUSE-MOI, NIGHT...
チャッ
TCHAK
IL FAUT QUE J'Y AILLE, MOI AUSSI...
ぱったり
HASARD !
BON... ...JOUR.
SALUT !

DEPUIS L'INVITATION À DÎNER DE L'AUTRE SOIR...
... IL Y A UN LÉGER FROID ENTRE SÔSHI ET MOI...
LYCÉE SEIBA !
KRII
!!
AH !
PARDON !
CE N'EST RIEN.
BROUHAHA
ざわざわ
?
BONJOUR MIKA ! QUE SE PASSE-T-IL ?
AH !
BONJOUR, TOUS LES DEUX !

IL Y A QUELQU'UN EN HAUT DU PORTIQUE !
RIIKO
AH !
AH! RIIKO!!
NIGHT!!
DESCENDS TOUT DE SUITE !!
LUI...
!

DAM
OOH !!
おおっ
TAK
スタ!
C'EST DINGUE !
OUAH !!
ざわざわ
AAH...
あ
IL SE FAIT BEAUCOUP TROP REMARQUER !
JE SUIS SI CONTENT D'ÊTRE DANS CE LYCÉE QUE JE SUIS MONTÉ LÀ-HAUT SANS M'EN RENDRE COMPTE !
BROUHAHA
JE NE TE DEMANDE RIEN !
ENFIN, SI... TU AS CHANGÉ D'ÉCOLE ?

OUI.
JE COMPTE SUR TOI, SÔSHI.
MOI...
... AUSSI...
QUOI, PAS DE FORMULES DE POLITESSE ?
HMM...
チラ
GLOUPS
AH !
OÙ SE TROUVE LA SALLE DES PROFES-SEURS ?
À CÔTE DE CET ESCALIER !
POF
IL EST TROP BEAU GOSSE !
ON NE L'A JAMAIS VU ! C'EST UN NOUVEAU ?
OH...
ROUGE ! ELLE EST CONTENTE...
HOP
くるっ
BON, À TOUT À L'HEURE!

OUPS !
ぎくっ
(À VOIX BASSE) IL EST GONFLÉ...
TU LAISSES TON MEC PLANTÉ LÀ SANS RIEN FAIRE ?
QU'EST-CE QU'IL DIT, LÀ ?
TU TE TROMPES ! IL EST LE FILS D'UN AMI DE MON PÈRE...
... QUI A EFFECTUÉ UNE PARTIE DE SES ÉTUDES À L'ÉTRANGER !!
QU'EST-CE QUE TU AS FAIT À MA COPINE ?!
MOI, ÇA M'EST ÉGAL... TU PEUX ME DIRE LA VÉRITÉ...
DE TOUTE FAÇON, ÇA NE M'INTÉRESSE PAS...
DIS, RIIKO... DE QUOI S'AGIT-IL ?
...
HÉ LÀ, MAIS...
TU AS VU ÇA, ISHIZEKI ?
CE TYPE, CE N'EST PAS LUI QUI T'A FRAPPÉ L'AUTRE JOUR ?
!!

HM...
JE VOUS PRÉSENTE LE NOUVEAU VENU.
BONJOUR ! JE M'APPELLE NIGHT TENJÔ.
SOURIRE
EUH...
NIGHT A JUSQU'À PRÉSENT VÉCU À L'ÉTRANGER AVEC SES PARENTS...
HISTOIRE FORGÉE DE TOUTES PIÈCES
RIIKO, C'EST LUI !
GAKU AVAIT-IL DIT QUE NOUS SERIONS DANS LA MÊME CLASSE ?
DÉCIDÉMENT, QUELLE DRÔLE DE SOCIÉTÉ...
OUH... IL EST CANON !!
ON DIRAIT UN MANNEQUIN, NON ?
QUELLES LONGUES JAMBES !
TIENS...
LES FILLES DE LA CLASSE SONT TOUT AGITÉES !

TAK
ガタ
Blush
かあ…
JE ME SENS UN PEU EN POSITION DE SUPÉRIORITÉ !
DITES, LES FILLES ! C'EST ICI QUE ÇA SE PASSE !
...
TOUT CELA NE LUI PLAÎT PAS TROP...

DIS, TENJÔ... OÙ AS-TU VÉCU À L'ÉTRANGER ?
UN PEU PARTOUT ! EN AMÉRIQUE, EN ESPAGNE, EN FRANCE...
...
OUH LÀ LÀ...
... EN AFRIQUE, EN NOUVELLE-ZÉLANDE, EN INDE, EN RUSSIE, EN ANTARCTIQUE...
MAIS ALORS, TU AS FAIT LE TOUR DU MONDE !!
C'EST VRAI !? INCROYABLE !
TU NE PENSES PAS QU'IL TE MÈNE EN BATEAU ?
ALORS, TU PARLES COURAMMENT ANGLAIS ? DIS-NOUS QUELQUE CHOSE !
NICOL come on eve
vays for your sales. ca
on ZOO. UENO is go
store such as this ti
ing kitai kitai sunbeem
aro intersept when o
DRAGON ones a tim
syndy l better than
great kabuki
話しましたよ!!
C'EST QU'IL LE FAIT, EN PLUS !
LUI ALORS !!
WAH ! C'EST GÉNIAL !
L'AVAIS-JE PROGRAMMÉ POUR QU'IL PARLE DES LANGUES ÉTRANGÈRES ?
JE NE ME SOUVIENS PLUS...
IL EST VRAIMENT INCROYABLE !
WAOW !
きゃっ きゃっ
WAOW !
AH... ZUT ! JE DOIS COLLECTER DES DONNÉES.

Ssiou
TU VEUX QUE JE TE FASSE ENTENDRE D'AUTRES LANGUES ?
RiEN QUE POUR TOi...
DONG
ドーン
OUUUUiiii !
DIS-MOI TOUT CE QUE TU VEUX !
OUH ! C'EST PLUS ROSE QUE ROSE (PLAiSIR MAXiMUM) !

DOMM
JE VOUDRAIS BIEN ENTENDRE DE L'ANTARCTIQUIEN !
CA N'EXISTE PAS !
ET MOI, DE L'AMAZONIEN !!
CA NON PLUS !!
...HM...
CLIC CLIC
JE COMPRENDS, MAINTENANT ! IL COLLECTE DES DONNÉES SUR LES AUTRES FILLES !
C'EST VRAI QUE JE LUI AI DEMANDÉ DE NE PAS DIRE QUE JE SUIS SA COPINE...
HM...
MAIS ÇA M'ÉNERVE !
?
PF !
DIS, C'EST LEQUEL, LE MEC SUPER QUI EST ARRIVÉ EN SECONDE ?
C'EST LUI ! C'EST LUI !
WAOW... C'EST VRAI !
IL VIENT D'UNE AUTRE ÉCOLE... IL PARAÎT QUE L'EXAMEN POUR CHANGER D'ÉCOLE EST DIFFICILE.
IL DOIT ÊTRE INTELLIGENT !

ÇA ALORS ! MÊME LES FILLES DES AUTRES ANNÉES SONT EN TRAIN DE PARLER DU NOUVEAU !
C'EST VRAI QUE C'EST PÉNIBLE...
BAH... LAISSONS-LES DIRE...
QU'EST-CE QUE TU EN PENSES, SÔSHI ?
...
...
きゃーっ
KYAAA!!
IL EST TRÈS SER-VIABLE !
?
HÉ !
GONG
(À VOIX BASSE)
TENJÔ... TU ES LE MEC DE RIIKO, NON ?
!
NE FAIS PAS DU PLAT AUX AUTRES FILLES !

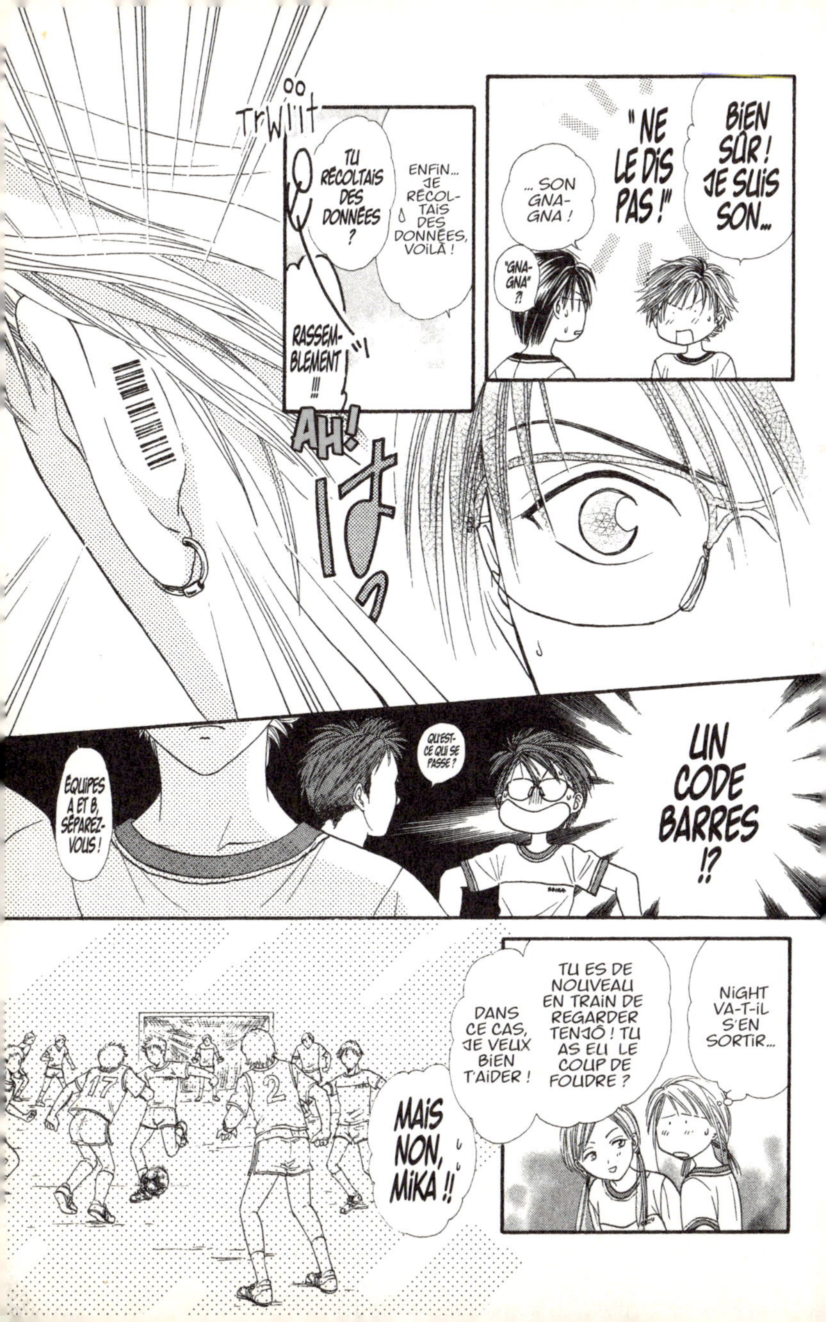
BIEN SÛR ! JE SUIS SON...
"NE LE DIS PAS !"
... SON GNA-GNA !
"GNA-GNA" ?!
ENFIN... JE RÉCOLTAIS DES DONNÉES, VOILÀ !
TU RÉCOLTAIS DES DONNÉES ?
RASSEMBLEMENT !!!
Trwiiit
AH!
はっ
UN CODE BARRES !?
QU'EST-CE QUI SE PASSE ?
ÉQUIPES A ET B, SÉPAREZ-VOUS !
NIGHT VA-T-IL S'EN SORTIR...
TU ES DE NOUVEAU EN TRAIN DE REGARDER TENJÔ ! TU AS EU LE COUP DE FOUDRE ?
DANS CE CAS, JE VEUX BIEN T'AIDER !
MAIS NON, MIKA !!

DOKAN
TENJOU
CRAAC
キラ

CE PREMIER VOLUME EST SUR LE POINT DE S'ACHEVER. J'ESPÈRE QUE JE POURRAI ENCORE ÉCRIRE CETTE RUBRIQUE DANS LE VOLUME SUIVANT. PARALLÈLEMENT À CETTE SÉRIE, JE PUBLIE " FUSHIGI YÛGI" ("UN JEU SINGULIER") DANS LES NUMÉROS SPÉCIAUX DE LA MÊME REVUE. J'AI DU MAL À M'HABITUER À CE RYTHME ! LE PREMIER VOLUME DE FUSHIGI YÛGI SORTIRA EN MÊME TEMPS QUE CELUI-CI AU JAPON*. JE COMPTE SUR VOUS ! CE N'EST PAS GRAVE SI VOUS N'EN AVEZ PAS ENTENDU PARLER. C'EST NORMAL, C'EST TOUT NOUVEAU, ALORS...

JE NE PEUX MALHEUREUSEMENT PAS RÉPONDRE À TOUTES LES LETTRES QUE JE REÇOIS SUR CE TIERS DE PAGE ! POURTANT, IL Y EN A BEAUCOUP QUI RETIENNENT MON ATTENTION. JE MARMONNE MÊME EN LISANT VOTRE COURRIER ! PARFOIS, J'AI TRÈS ENVIE DE RÉPONDRE EN PERSONNE. MAIS JE MANQUE DE TEMPS... ET SI JE DORMAIS MOINS ? AH NON, IL ME FAUT MES DIX HEURES DE SOMMEIL ! LAISSONS TOMBER CETTE IDÉE. APPAREMMENT, CEUX QUI NE DORMENT QUE 3-4 HEURES OU 9-10 HEURES PAR NUIT MEURENT PLUS JEUNES QUE LES AUTRES... 7-8 HEURES EST LA DURÉE IDÉALE. ENFIN, JE DOIS M'ACCROCHER !

OUH... J'AI SOMMEIL...

EH BIEN, À BIENTÔT POUR LE DEUXIÈME VOLUME !

* LA SÉRIE FUSHIGI YÛGI A ÉTÉ PUBLIÉE EN FRANÇAIS PAR TONKAM.

OÙ EST TENJÔ ?
IL ME SEMBLE QU'IL DEVAIT NETTOYER LA SALLE DE GYM...
TU NE TROUVES PAS...
... QU'IL EST UN PEU BIZARRE ?
Gloups !
BIZARRE ? EN QUOI ?
TRÈS BIZARRE, OUI...
JE NE SAIS PAS... IL A QUELQUE CHOSE D'INHUMAIN...
LE CODE BARRES DERRIÈRE SON OREILLE EST PEUT-ÊTRE UN TATOUAGE...
UN CODE BARRES ?
MAIS, PAR EXEMPLE, IL DIT QU'IL SYMPATHISE AVEC LES FILLES POUR COLLECTER DES DONNÉES...
OUH... DANGER !
JE SUIS DE NOUVEAU INQUIÈTE !
ALORS, EST-CE QUE TOI ET LUI, VOUS ÊTES VRAIMENT...
EXCUSE-MOI ! UN BESOIN URGENT !
DAM
HÉ !

TAP TAP
たたっ
TIENS ?
IL N'Y A PERSONNE...
NOUS SERONS-NOUS CROISÉS ?
KYAAH !!
ぐいっ
GNIK

COUIC
きゅっ
JE TE TIENS !
NIGHT ?
C'EST DÉCIDÉMENT TOI QUE J'AIME...
DOM DOM
ドキドキ
EUH ?
AH ?
ドキドキ
DOM DOM
J'AI COLLECTE DES DONNÉES SUR PLUSIEURS FILLES COMME GAKU ME L'AVAIT DEMANDE...
... MAIS JE SUIS TRISTE QUAND JE NE PEUX PAS TE PRENDRE DANS MES BRAS COMME MAINTENANT.
ドキドキ
DOM DOM
...

ET MOi, JE SUIS BIEN CONTENTE QUE TU N'AiES PAS COLLECTÉ DE DONNÉES SUR MOi AUJOURD'HUi !
QUOi ?
COMME J'ÉTAIS UN PEU JALOUSE...
... LA BAGUE SERAiT CERTAiNEMENT PASSÉE AU BLEU (COLÈRE) !
MAiS JE N'OSE PAS LE DIRE...
... RiiKO...
EST-CE QUE TU AiMES QUAND JE TE FAiS ÇA ?
OUH !

MAIS... MAIS... NIGHT...
QU'EST-CE QUE TU...
AH !
BLUSH
C'EST ROSE (PLAISIR) !!
SOURIRE
C'EST PAS DRÔLE !
TU DIS ÇA, MAIS ÇA RESTE ROSE !
IZAWA !!
ZAM !
TU T'AMUSES BIEN, ON DIRAIT !
TU ME FAIS UNE DÉCLARATION, PUIS TU TE TROUVES TOUT DE SUITE UN AUTRE MEC !

VOUS ME DÉGOÛTEZ VRAIMENT, TOUS LES DEUX !
ISHIZEKI !?
TU ES EFFECTIVEMENT UNE FILLE LÉGÈRE, COMME ON ME L'AVAIT DIT ! METS-TOI À LA PLACE DE CEUX QUE TU AS MANIPULÉS !
QUOI ?!
AU DÉBUT, COMME JE N'ÉTAIS PAS AU COURANT, TU M'INTÉRESSAIS.
DOM DOM
QU'EST-CE QU'IL RACONTE ?!
DOM DOM
T'ES VRAIMENT DÉGUEULASSE !
J'AI DRÔLEMENT BIEN FAIT DE TE REMBARRER !!!

ZUNN
ZWING
ET TOI, TENJÔ, C'EST ÇA ?
TU M'AS HUMILIÉ, L'AUTRE JOUR...
ÇA NE VA PAS SE PASSER COMME ÇA AUJOURD'HUI !
TU N'AS PAS L'AIR COSTAUD... APPROCHE...
BAKYANG

AH !!
DOMM
EUH...?
WHISSH
ビシッ
ドッ
DOMM

ZAM
DOWW
PAUVRE TYPE...
TU AS DE NOUVEAU FAIT DU MAL À MA COPINE ...!!
BAKING
DOWW
BESSH
A... ARRÊTE !!!
!?
ZAMM
NE T'APPROCHE PLUS JAMAIS D'ELLE !
OUILLE!!
TU LA TROUVES DÉGUEULASSE ?

MOi...
...!
... JE LA TROUVE GÉNiALE !
MiNCE...
DAM
NiGHT...
JE NE MÉRiTE PAS...
... CES COMPLi-MENTS...

C'EST VRAIMENT...
... LAMENTABLE !
AH!
はっ
TU AS TOUT VU ?
CE TYPE EST IMMONDE, NON ?
JE PARLAIS DE TOI, PAS DE LUI !
QUOI ?
JE DÉTESTE LES GARÇONS QUI SONT FAIBLES.
MAIS...
C'EST DE LA FAUTE D'IZAWA ! C'EST TOI QUI M'AS TOUT RACONTÉ, JE TE SIGNALE !
"ELLE VA TE FAIRE UNE DÉCLARATION DEMAIN, MAIS LAISSE TOMBER"...
"ELLE CHANGE TOUT DE SUITE DE MEC", "ELLE ME DEMANDE CONSTAMMENT DE LUI PRÉSENTER DES GARÇONS, DE LUI DONNER DES CONSEILS, OU DE LUI PRÊTER DE L'ARGENT".

FIN DU PREMIER VOLUME.

Original Japanese edition published in 2003 by Shogakukan Inc., Tokyo
French translation rights arranged with Shogakukan Inc.
through The Kashima Agency for Japan Foreign-Rights Centre

7, avenue P-H Spaak - 1060 Bruxelles

Dépôt légal d/2005/0086/411
ISBN 2-87129-840-8

Conception graphique : Les Travaux d'Hercule
Traduit et adapté en français par Pascale Simon
Adaptation graphique : Eric Montésinos

Imprimé en France par Hérissey/Groupe CPI - Evreux